U0591042

你好，有主见的姑娘

沐儿 著

中国致公出版社
China Zhigong Press

图书在版编目（ＣＩＰ）数据

你好，有主见的姑娘/沐儿著 . —— 北京：中国致
公出版社，2018
　　ISBN 978-7-5145-1362-2

　　Ⅰ . ①你… Ⅱ . ①沐… Ⅲ . ①故事－作品集－中国－
当代 Ⅳ . ① I247.81

　　中国版本图书馆 CIP 数据核字（2018）第 252101 号

你好，有主见的姑娘

沐儿　著

责任编辑：孙兴冉

责任印制：岳　珍

出版发行：中国致公出版社
　　　　　China Zhigong Press

地　　址：北京市海淀区翠微路 2 号院科贸楼

邮　　编：100036

电　　话：010-85869872（发行部）

经　　销：全国新华书店

印　　刷：天津翔远印刷有限公司

开　　本：880 毫米 ×1230 毫米　1/32

印　　张：8

字　　数：152 千字

版　　次：2018 年 12 月第 1 版　　2018 年 12 月第 1 次印刷

定　　价：42.00 元

不一样的你，很好。有主见的你，更好。

目录

第一章

你的特别，只有喜欢你的人懂

○

第二章

留着所有力气变美好

○

第三章

你可以先放声哭泣，再继续勇敢

○

第四章

任何时候，都不要拒绝成长

〇

第一章

○

你的特别，只有喜欢你的人懂

朴素如你，美得与众不同

雪莉总是穿一条洗白了的牛仔裤，背一个大大的双肩包，马尾辫高高扎起，眉毛和睫毛从不修饰，脸上也不施粉黛，与"漂亮"这个词似乎没什么关系。但她只要一笑起来，就像是夏日雨后的清风，让人感到无比舒服和亲昵。

第一次碰见她，是在荷兰语言学校门口。她怯怯地看了我一眼，低声问："你是中国人吗？"

我瞅瞅她，心里明白她一定是新移民，来这所语言学校学荷兰语的，而我，在这个国度打拼了几年之后，已经在这所学校谋得一份差事：教中文。

我挺了挺背，摆了摆姿态，以不卑不亢的语调说："是啊。"

她眼里似乎有星星在跳跃，丝毫没有在意我的冷淡："啊！太好了！我来比利时一年半了，一个中国人都还不认识呢。"

　　我慢热，不太会跟陌生人聊天。我看看表，雪莉马上明白了我的意思："哦，不耽误你了，下次再聊吧！"

　　我答应着转头走开，可是几十秒后又听到雪莉的呼喊："啊，等一下。"她追上来，气喘吁吁地请求说："我能加你的微信吗？方便以后联系。"

　　晚上回到家里，洗漱完毕，已经十一点了。我惬意地躺在床上，打开新买的音响，闭上眼睛，开始我的睡前"灵魂按摩"。手机传来微信推送消息的声音。我皱了皱眉，这么晚了，会是谁呢？

　　是雪莉。我加完她的微信，就差不多已经忘了她。

　　"我刚到家一会儿。认识你真好！我在这边终于有一个中国朋友了。"我觉得有点好笑，刚有一面之缘就算朋友？

　　"下课都一个半小时了，你怎么刚到家啊？"我没话找话。

　　"我住的地方有点偏，一个小时只有一辆巴士。晚上九点半下课，我得等到十点二十才有车。我先生也挺不容易的，每天上班很辛苦，晚上我想让他休息休息，就不让他来接我了。"她回答。

　　我的心震颤了一下，真是一个善解人意的女孩。想我去年车技还不娴熟的时候，先生总是风雨无阻地接送。他偶尔迟到几分钟，我还一脸不高兴。跟雪莉比，我真是太矫情了。

雪莉的儿子才不到两岁，所以她每次上课，都是掐着点儿到。我们的上下课时间也不太一样。她每天会在课间跑过来，看我还在教课，就在窗户外面跟我招招手，露出她洁白的牙齿，给我一个月光一样皎洁的微笑。

渐渐地，每次晚课，我都希望看到这个扎着马尾辫的女孩，在窗前跟我挥手。

在一次学校组织的师生联谊会上，我们终于凑在了一起。雪莉给我看了她先生的照片，我承认我失态了："哇，你先生这么有型，这么帅！你是怎么搞定他的啊？"我的话外音简直就是赤裸裸地在说"你先生怎么看上你这么普通的女孩的啊"。

雪莉倒没有介意。她羞涩地说："也没有那么帅吧，我觉得也就一般啦。不过当时，有一个女孩追他追得很凶。大家都没想到最后他选择的是我。"

原来，雪莉大学毕业后在江苏无锡一家很小的外企做文职，公司从比利时请了一个技术顾问亚瑟，年轻、高大、英俊，更重要的是，还单身。

公司里几个女孩自然春心荡漾，大家跃跃欲试，都想把这枚帅哥收入囊中。其中一个肤白、貌美、身材窈窕的女孩，信誓旦旦志在必得。她有事没事就往亚瑟身边跑，大方地问他要电话号码，早晨买好油条和豆浆让他趁热吃，周末主动请缨带他熟悉无锡周边的环境，小礼物更是隔三岔五送个不停。其他女孩看她这架势，就默默退出了，长相不如她，也没有她那股倒追的勇气，只能一声叹息：哎，算了。

我问雪莉："你也参加了这场对美男的角逐吧。"

雪莉红了脸："说不喜欢他是假的，但我根本不敢妄想。我长得不漂亮，又这么土气，跟追他的那个美女站在一起，矮了一大截，简直就是白雪公主和灰姑娘。我只能偷偷地喜欢他，帮他准备他需要的资料，加班帮他翻译得更好一些。我发现他根本不喜欢吃豆浆油条，就发电子邮件告诉他附近哪儿有西点店，再附上清晰明了的地图。"

"我不敢公然关心他，我怕追他的那个女孩生气。"雪莉继续说道，"我并没有追他的意思，只是觉得一个不会说中国话的人，独自在中国生活不容易，想给他一些力所能及的帮助。谁知道后来，他居然跟我表白了。我问他为什么会喜欢我，我不漂亮，不会化妆，不会打扮。他说，谁说你不漂亮，在我眼里，谁都没你漂亮；不会化妆是好事，比利时的女孩，从初中就开始化妆，到了40岁，皮肤就像70岁的老太太一样了；不会打扮没有关系，最自然的，才是最美好的。"

雪莉就这样被他俘获了芳心。"那一刻，觉得幸福来得太突然了。可是也有遗憾——那个女孩跟我闹翻了。"雪莉喝了一口芬达，眼睛看向远方。

联谊会结束后，我才想起来还不知道她的中文名字呢。

"你中文名字叫什么啊？"我问她。

"呃，我的中文名字很土的，叫田艳。"她有点不好意思地说。

是好土啊，我在心里说。"名字就是个代号而已。"我安慰她。

"嗯！虽然土，我还是很喜欢，因为我的名字是我爸爸给我取的，想起来就觉得温暖。我爸说，我出生那天，阳光很好，他没多少文化，当时想到了'艳阳高照'这个词，就得了灵感。他很是为我的名字得意呢。"

我的脸有点发热。是啊，土一点儿有什么关系，她的名字里，满满的都是爱。

我建了个微信群，成员都是旅居附近的中国女孩。跟雪莉熟悉以后，我把她也加了进来。有一次，我们在群里聊包包。大家你一言我一语地说普拉达哪个款质量不好，LV新出了性价比合适的新款，奥特莱斯里古驰的围巾最近有折扣等，不亦乐乎。

"你们说的这些牌子，我都不知道呢。"雪莉在群里说。

大家忽然都安静下来了。然后有人小心翼翼地问："不会吧，这些都是很常见的牌子呢。"

"我真的不知道。听都没听说过呢。我只知道鳄鱼和美特斯邦威。"她又发过来一句。

大家都不说话了。过了一会儿，雪莉说："我从小生活在农村。这些牌子，我们那儿的人买不起，估计也没有卖的。"

"你在这儿再待个几年，就都知道了。"我赶紧打圆场，发过去一个可爱的表情。

"是啊，是啊。"大家都附和道。

从那一刻，我更加喜欢起这个女孩来。换作是我，在这种情况下，虚荣心作祟，估计会先百度一下，然后挑几句无伤大雅的话，到群里掺和一下。而雪莉，她大大方方地承认自己在这方面知识的空白，把自己真实的一面坦露给大家看。其实，对这些大牌不了解，本来就没什么大不了。可是，很多时候，我们害怕暴露自己的无知，总想装出一副见多识广的样子来。

雪莉到现在也想不明白当年亚瑟为什么选了她。经过一些事，我想我倒是明白了。

今年的中国年派对，定好了时间地点以后，我在群里提出了一个建议：男士正装，女士裙装配高跟鞋，且最好有红色点缀。雪莉

第一时间回复："哦，那我得赶紧去买高跟鞋了。我家里一双高跟鞋都没有，平时都是牛仔裤搭平底鞋的。"

大家嘻嘻哈哈地打趣："雪莉，不会吧，女孩子怎么会没有一双高跟鞋呢？""是啊，我穿平底鞋不会走路，穿高跟鞋反而觉得稳当。""嗯嗯，我满满一柜子都是高跟鞋，平底鞋很少呢。"

"我这辈子就穿过一次高跟鞋，做新娘那一天。不过，那双鞋放在国内没带过来。从小在农村，路都崎岖不平的，穿不了高跟鞋。后来上大学，总是穿牛仔裤，买了高跟鞋还没衣服配，还不如给父母省点儿钱呢。再后来结婚了，来了这边，天天在家带小孩，自然就穿平底鞋喽。"雪莉很自然地解释道。

"平底鞋给不了高跟鞋可以给的骄傲，可高跟鞋给不了平底鞋可以给的安全感。"我说，"雪莉，你穿平底鞋也可以。你的美与众不同。"

现在这个社会里，每个人都尽量衣着光鲜，用奢侈品来武装自己。大家都把自己包裹得很严实，从皮囊到思想。爱美当然没有错，打扮得可伶可俐，既养眼，也能让自己心情愉悦，有百利而无一害。可是，如果因为要打扮自己要买名牌而辛苦加班，消耗了原本属于自己的自由时间，值得吗？若如此，像雪莉这样，生活简朴一点，不攀比，没有虚荣心，换得更多时间上的自由，陪儿子陪先生，享受天伦之乐，岂不也是一种很好的选择？

雪莉的热心，也让我感慨。群里的女孩蕾，先生在出差，自己突然生病要去医院，宝宝在家没人照顾。她刚在群里开口说起，雪莉就问了地址，爽快地说："我过去帮你吧。"她们两家相距半小时的车程，雪莉不会开车，坐巴士需要一个小时。她把儿子放在推车里安置好，带了些零食和玩具就出门了。一个多小时后，当雪莉风尘仆仆地摁响蕾家的门铃时，蕾感动得不知道如何是好：她们还从未谋面呢，雪莉就这么鼎力相助。

我跟雪莉说，亚瑟是有眼光的。朴素内敛，善解人意，让心灵也素面朝天，你的美别具一格。

"雪莉，一直做一个这样的女孩，简单而平凡，真实而坦诚，不趋骛，不随俗，守着最爱的人，慢慢看时光红了樱桃绿了芭蕉，没什么不好。"我在心里对她说。

因为你，我经历了一场奇遇

贝蒂本是南美一家航空公司的空姐。2009年夏天，是她工作的第五个年头。在一次飞往阿姆斯特丹的途中，她认识了一个名叫威廉的小伙子。她无论如何也想不到，其貌不扬的威廉，竟然彻底改变了她的生活轨迹。

威廉是在荷兰长大的香港人，一副虎背熊腰的体格，但性格憨厚老实。2009年，他在荷兰皇家陆战队受训，代表荷兰去南美参加狙击手大赛。

回程的飞机上，威廉突发高烧，问贝蒂有没有退烧药。机缘巧合，他们就这样相识了。

贝蒂没有找到退烧药，但她跟乘务长商量，把他换到了商务舱，还给他准备了温开水和冰片，忙完了分内的工作，她就跑来照看他。说也奇怪，有美女相伴，加之两人聊得甚是投缘，威廉觉得自己没那么难受了。

经过十几个小时的飞行，飞机降落在阿姆斯特丹机场，两人都有些不忍离别的感觉。

威廉想了想，从随身携带的便利贴上撕下一页，写下自己的姓名、地址和手机号，交给了贝蒂："谢谢你一路照顾我。如果你去鹿特丹，尽管给我打电话。"两人紧紧握了握手，就此别过。

夏去秋来。贝蒂忙忙碌碌，与乘客打着交道。可是，那个中国小伙威廉的影子，始终刻在她的心里，挥之不去。她会在夜里梦见他，醒来后，抱影无眠。

贝蒂想：既然他让我念念不忘，于我，他必是与众不同的。我不能就这样让他与我失之交臂。

她休了假，办了签证，飞完最后一趟，就从阿姆斯特丹机场出境，踏上了去鹿特丹的火车。她没有给威廉打电话。她想象着自己突然出现在威廉身边的样子，忍俊不禁。

生活就是这么"狗血"。贝蒂在火车上被盗，钱包手机都没了，那张写有威廉信息的小纸条也丢了。最要命的是，小偷连她的护照也顺手牵羊摸走了。

没有护照，举步维艰。摆在贝蒂面前的只有两条路：一是求助警察，将她送至位于海牙的秘鲁驻荷兰大使馆；二是在鹿特丹找到威廉。贝蒂想碰碰运气。她记得威廉给她的是一家中国餐馆的地址。她决定在鹿特丹的大街小巷走一走，说不定就可以找到。

让贝蒂预料不到的是，鹿特丹居然有那么多中餐馆。她打听了大大小小18家，谁也不认识威廉。

天渐渐黑下来，贝蒂筋疲力尽。她又饿又累，决定找一家餐馆吃点东西，用洗盘子的方式支付餐费。可是由于她没有护照，餐馆老板怕承担请黑工的风险，拒绝了她。

"我怎么这么倒霉！"贝蒂在夜幕降临的鹿特丹街头恨恨地喊，但她很快冷静下来：必须想办法找个栖身之所，否则这飘着小雨的深秋之夜，公园的长椅可不是一个好的选择。

她拖着行李，走进一家规模较大的酒吧，拽过吧台一位相貌清秀的小哥，冷傲地说："你们需要舞女吗？"不等对方回答，她不由分说跳上台去，随着节奏，疯狂舞动起来。她火辣的身材，大胆的动作，引得酒吧里一片口哨声和叫好声。

等她下台来，酒吧老板已经给她准备好了点心和酒水。她说她没有护照，如果可以在这儿工作，他们给她提供食物和住处就行。老板说："没关系，只要你留下来，我付给你跟别人一样的薪水。"

接下来的几天，酒吧老板载着贝蒂继续寻找威廉。除了一家刚刚关闭没多久的，他们问遍了鹿特丹所有的中餐馆，也没有找到关于威廉的任何消息。

贝蒂在谷歌、在脸书上输入威廉的名字，没有一个是她认识的那个威廉。酒吧的同事劝她放弃，说也许当初威廉给她的，就是一个不存在的地址呢。

贝蒂不相信，她坚定地认为，威廉没有理由骗她。她反倒担忧起威廉来：该不会是出了什么事吧？她联系上自己工作的航空公司，把自己的辞呈寄了过去。她决定留在荷兰，找到威廉。

她去了秘鲁驻荷兰大使馆，补办了护照，又回到鹿特丹的那家酒吧继续当舞女。只要看到有亚洲面孔的客人，她就问他们认识不认识威廉。可是，两个月过去了，威廉就像没在这座城市存在过，一丝痕迹也找不到。眼看签证就要到期，贝蒂心急如焚。

看着最后一片黄叶从树上落下来，贝蒂突然灵光一闪：那家关闭了的中餐馆，会不会是威廉说的那家呢？她急匆匆地跨上新买的橘红色二手小踏板车，兴冲冲地抄下了那个地址，赶往市政厅。

市政厅的工作人员告诉她："那家中餐馆的主人是一对来自香港的老夫妻，因为岁数大了，关了店面，回香港安度晚年了。"

"那他们的孩子呢？他们是不是有一个叫威廉的儿子？"贝蒂迫不及待地问。

"他们是有个儿子叫威廉，在部队工作。"市政厅的工作人员找出另一个卷宗，翻了翻，不紧不慢地说。

贝蒂欣喜若狂，请求市政厅的工作人员一定帮她联系上威廉。第二天，当威廉来到酒吧，站在贝蒂面前时，贝蒂喜极而泣。

"幸亏你会跳舞，否则流落街头挨饿受冻，可就惨了。"听了贝蒂的经历，威廉搂着她，心疼地说。

"现在都过去了，见到了你，一切都值得。"贝蒂面如桃花，她蹙了蹙眉，不解地问，"可是，网上怎么一点你的消息都查不到呢？你难道不用脸书吗？"

原来，由于威廉职业的特殊性，他不能使用脸书，他的照片和身份信息都不能出现在网上。

签证到期，贝蒂不得不回到秘鲁。一场意外，三个月的舞女生活，成为两个年轻人的爱情佳话。

一年后，他们在荷兰办理了结婚手续，去巴黎拍了婚纱照。贝蒂最喜欢的，是他们在亚历山大三世桥上用手比成心形，埃菲尔铁塔作背景的那张。照片上的贝蒂头戴花环，调皮地闭上一只眼睛，威廉则柔情蜜意地看着她，一副"你在闹，他在笑"的场景。

婚后的贝蒂，先是苦学荷兰语，然后参加了职业帮扶机构提供的为期两年的培训。

现在的她，在鹿特丹一家养老院当护工。看着她与面容不相称的有些粗糙的手，我问她为什么没有继续跳舞或是选择当酒吧招待之类的工作，毕竟，那些工作比护工要轻松很多。

"这份工作虽然苦点，但是生活有规律。我希望能给威廉一个温馨的家。晚上他从部队回来，有我在家里。一杯热咖啡，胜过千言万语。"贝蒂自豪地说。

2015年，威廉被派去阿富汗工作，一走就是一年。贝蒂在荷兰，打理着他们的小家。院子里一年四季绿草茵茵，门前和窗台上总热闹地盛开着不知名的各色小花。

威廉从阿富汗寄回来的贺卡上写着：无论身在何方，每个人终归是要回家的。还有两个月，他在阿富汗的任期就满了。

"我们很快又可以朝夕相处了。他离不开部队，也许还会被外派。好在我现在这份护工的工作，相对于空姐或舞女来说比较能照顾家。我们已经商量好，打算在2016年要个小宝宝。"贝蒂的脸上，泛起幸福的红晕。

女孩，别让男人毁了你的生活

卡丽娜现在是荷兰小有名气的华裔时尚摄影师。她那双深邃的黑眼睛里仿佛蕴藏着无限的潜能和希望。看到她，你就会想：这一定是个有故事的女孩。

确实，在我认识的女孩中，谁也没有她的阅历丰富。她说："每经历一段感情，我都伤痕累累。痛苦过，失望过，但我依然热爱生活。"

卡丽娜出生在广州。中学时代的她，叛逆、桀骜不驯，学习不用功，以至于高考一败涂地。

高中毕业后，她找了份工作，在一家酒吧当驻唱歌手。由于天生好姿色，她很快被星探相中，成为一名平面模特。

第一天试镜，摄影师对着拍出的片子感叹："太完美了，她的镜头感太好了。她的这张脸，总是能引起男人的探索欲。看到她的照片，你就想知道关于她的一切：她是谁？她是做什么的？她在过着什么样的生活？多年来，我一直想要找的，就是这样一个模特。"

想要出人头地，光有漂亮的脸蛋和骄人的身材不行，还要有伯乐。卡丽娜幸运地遇到了她的伯乐。公司在摄影师的建议下，让她与他们仅有的一个外籍模特乔治合作。

乔治是荷兰人，身为模特，帅气的外表和挺拔的身材自不必说，关键是为人风趣，总能在工作之余逗得卡丽娜笑逐颜开。

日久生情，两个人情不自禁地坠入热恋中。那一年，卡丽娜18岁，乔治21岁。

"热恋的年纪，估计是在25岁以前吧。"卡丽娜说，"我现在真的没有那种热情了。"

"你说的热恋，大概是什么情形呢？形影不离？"我问。

"哈哈，这么说吧，工作时我们腻在一起，工作以外的时间，我们还腻在一起。"卡丽娜爽朗地笑着说，"我们已经成为彼此的一部分了。那个时候，我想，这就是爱情吧！"

很多人说，热恋的寿命一般只有6个月，但是他们的热恋持续了两年。两年后，卡丽娜跟随乔治来到荷兰。

乔治在家乡如鱼得水，很快签了工作合同，并加入了各种俱乐部。而卡丽娜就没那么幸运了，由于异国审美的差异，没有模特公司愿意签她，她只好赋闲在家。

开始的半年，卡丽娜学学语言，打打游戏，乔治有空就带她出去玩，日子轻松惬意。渐渐地，乔治越来越忙，卡丽娜只能望眼欲穿地在家盼他回来，可他回来得越来越晚，有时候出去拍宣传广告，还会彻夜不归。

时尚圈里最不缺的就是美女。虽然卡丽娜是一等一的美女，但看久了也会审美疲劳。何况乔治才24岁，正是对美色没有抗拒力的年龄。回荷兰8个月后，乔治怀里的美女，变成了另一个乌克兰女模特。

乔治跟卡丽娜坦白。卡丽娜没有哭闹，尽管她还深爱着乔治。

"谁也没办法保证一辈子只爱一个人。那时我才21岁，即使他不变心，我也不敢保证我们能共度余生。"卡丽娜认真地说，"有的人，注定只是来你的生命里陪你走一段的。真心爱过，无怨无悔。我感谢我的生命里有乔治来过，他教会我很多东西，而且他其实是个有责任心的人，不管是对工作，还是对女朋友。爱情走了，谁也没办法挽留。缘聚缘散，只能顺其自然。"

分手后，乔治主动提出，他会资助卡丽娜上学，学习期间的一切费用都由他承担。卡丽娜这次没有倔强，她接受了他的好意，在一家私立学校报名学习了摄影。

"其实，乔治也算是我生命中的贵人了。"卡丽娜说，"没有他，我不会来荷兰；没有他，我不会去学摄影；没有他后来的女友，我也找不到现在这份我热爱的工作。"

学业完成后，卡丽娜在乔治第三任女友的介绍下，进入一家时尚杂志社做摄影师。

一个阳光明媚的春日，卡丽娜去阿姆斯特丹附近的郁金香花田拍外景。正当她"咔——咔"按动快门的时候，有个男人跟她打招呼："嗨，女士，不好意思打扰了。我刚刚一直在看你，看了好久了。你的脸让我忍不住想知道关于你的一切：你多大了？你有男朋友吗？你的生活会是什么样的呢？可以给我个机会去了解你吗？"他说着伸出了手。

站在卡丽娜对面的是一个帅气阳刚、器宇轩昂的土耳其人。卡丽娜一向对土耳其男人有偏见，觉得他们不专一，喜欢拈花惹草。可就在一瞬间，他说的那些似曾相识的话，他的目光和他站在花田间的姿势，让卡丽娜心里所有的偏见土崩瓦解。

她伸出手去："嗨，我叫卡丽娜。你呢？"

他叫阿里，是土耳其商人，与西欧的德国、法国、荷兰等国都有贸易往来。那天天气好，他偷得浮生半日闲，出来逛逛花海，正巧遇到了卡丽娜。

人生，就是这么任性。一次偶然的出行，可能就会遇到一个走进你生命的人。

事实证明，阿里并不像一般的土耳其人那样男权主义严重。他外表粗犷，对卡丽娜却极温柔，也不会见到美女就搭讪。

他们的感情发展得相当稳定，没过多久就在阿姆斯特丹买了房子。卡丽娜还在春节带阿里回广州见了父母，阿里是她第一个带回家的男朋友。

阿里经常出差，有时候回土耳其一待就是好几个月。卡丽娜的工作也紧张有序，每天过得都很充实。

"两情若是久长时，又岂在朝朝暮暮。"卡丽娜对这段感情很有信心。

假期里，他们一起旅游，足迹遍布大半个世界。

"感觉跟他很合拍。阿里是个有品位的男人，对艺术很有鉴赏力。不管到哪座城市，我们都会逛逛当地的博物馆和书店。他有一双发现美的眼睛，人也风趣幽默。"卡丽娜说。

他们恋爱的第四年，在埃及旅游期间，正赶上卡丽娜生日，阿里变戏法似的从口袋里掏出一个镶着硕大蓝宝石的戒指，看着卡丽娜的眼睛说："我们订婚吧。"

可惜，恋爱也有七年之痒。他们在一起的第七年，从拌嘴到吵架，矛盾逐渐升级。

卡丽娜说，就是觉得哪里不对，但又说不出哪里不对。终于在第八年的时候，她发现阿里在土耳其还有一个家，他和那个女人在一起已经两年了。

这一次，卡丽娜彻底被击垮了。八年的爱情，转眼间灰飞烟灭。她可是打算跟他结婚生孩子的啊。她一直想要个孩子，但为了双方的事业，一直在往后推迟。

"那一年我已经31岁了。"卡丽娜说，"我做梦都没想到跟他会是这样的结局。我们都不再年轻，我以为我们会永远在一起。"

卡丽娜对这个男人失望透了，她休假3个月回到广州疗伤。父母看在眼里，疼在心里。

生活还是要继续，不管你的伤口是否还在流血。3个月假期过后，卡丽娜回到荷兰继续工作。

"我以为我不会再相信爱情了，直到他给了我一个真正的家。"

卡丽娜的眼里漾着甜蜜，提到他，她黑黝黝的眸子更加灵动起来。

　　他是时尚杂志社里的同事，卡丽娜的经历，他都看在眼里。他一直默默地喜欢她，她分手后他终于有了机会示好，可惜卡丽娜一直对他若即若离。

　　"我本来觉得，我们认识那么久了，要能擦出爱的火花，早就火光冲天了。他很好，不过我认为他只能做同事、做朋友。我喜欢的，是一见倾心的感觉。但是，那年圣诞节，他的一句话打动了我。"卡丽娜开心地笑着，"他跟我说'卡丽娜，给我个机会，让我做你未来孩子的父亲吧'。我当时头脑一热就答应了他。没想到，他才是最合适的那个人。我感觉到前所未有的安全、自由、舒适。他给了我一个真正意义上的家。"

　　走过了繁华，看遍了世界，想要安定的时候，最适合的人出现在面前。这真是莫大的幸运与幸福。

　　卡丽娜八个月大的儿子是一个漂亮的小混血，他继承了爸爸的肤色和脸型，却有妈妈的黑发和深邃的黑眼睛。

　　"我庆幸，一路摸爬滚打过来，爱过、失望过、被伤害过，但我没有让男人毁了我的生活。女孩，要记得始终向前，要有自己的事业和自己的生活，那样你就坚不可摧。"卡丽娜说。

　　三十岁出头的她还是那么阳光时尚，热情开朗，笑起来仿佛有花儿开放的声音。

　　卡丽娜，祝你永远幸福。

　　我相信，你的故事和你的心态，一定能感动更多的女孩。

美丽又努力的女孩，运气不会差

一幢幢高楼整洁利落，一条条蜿蜒的校园小道把大片的草坪精巧地分割开来。深秋的谢菲尔德大学校园里，红叶随着轻风曼妙地飞舞。五彩斑斓的各色树种不知是否经过精心搭配，赤、橙、黄、绿相间，浑然天成。

我侧过脸看了看走在身边的茜茜，她默契地对我浅浅一笑。米色长风衣搭配一条英伦风的格子裤，她的美丽与气质，将她的穿衣品位和谐地统一起来。

"你能在这么漂亮的校园里工作，真是件美好的事。"我由衷地说。从中国到英国，从北京到谢菲尔德，再到找到这么一份好工作，茜茜的路，顺利得让人嫉妒。

我与茜茜是旧时同学。每每想起她，我总会回忆起当年她在婚礼上的誓言："从小我就想成为一个善良、孝顺、宽容、博学多才、品德兼备的人，也许至今还没有成功，可幸运的是，我找到了这样一个人，在过去的六年里，在此时此刻，他始终站在我的身边。尽管我们来自不同的国度，但缘分让我们相遇、相知、相爱，变成了最有共同语言的恋人。我希望，在未来的每一天，他将继续做我的良师益友，做我的灵魂伴侣。我们去过很多地方，也将去更多的地方。我愿意一辈子陪在他的身边，因为他就是我的东南西北和春夏秋冬！"

茜茜的新郎是亨利，一个宠她、爱她、恋她、懂她的好男人。如今的茜茜，事业婚姻双丰收，爱情也继续蒸蒸日上。我羡慕她，但不嫉妒。因为我知道，她为了这段感情，当初有多么奋不顾身；我更清楚，她是个美丽而努力的女孩。

当年的亨利，还是个毛头小伙。大学毕业以后，他跟很多欧洲的青年学生一样，一边打工一边旅行。冥冥中似乎上天注定，亨利选择了中国，并在湖南长沙的一所高校里找到了工作。

茜茜当年刚刚大二，为了练好英语口语，朋友给她介绍了亨利当语伴。

"你跟亨利难道是一见钟情？"我问茜茜。

"才不是呢。我第一次在校园门口的公交车站见到他时，他的头发被雨淋湿，贴着额角，胡楂杂乱，牛仔裤的裤脚被鞋跟踩在泥地里。我哪会想到以如此邋遢形象出场的他，竟然会成为我此后的生命中最为重要的人。"茜茜回答。

"不过当时我最大的感触是，眼前这个害羞、腼腆的外国人怎么会如此似曾相识。"茜茜想了想，又补充道。

"可不。还是有缘分啊！"我说，"那你们是什么时候开始恋爱的呢？"

"第二次见面的时候，他还是穿着烂了裤脚的牛仔裤，不过没有那么邋遢了。发型刚刚整理过，胡子刮得干干净净，我们的交谈也轻松了起来。又过了没多久，我们就从似曾相识到相知相识了。"茜茜回忆着，脸上带着温情的笑。

谢菲尔德秋日的傍晚，天气渐渐凉了下来，茜茜拉我拐进路边的一家冰激凌店，要了两个抹茶冰激凌。

"随着对彼此的理解加深，我们对对方的好感就转变为恋情了。具体从哪一天开始的，我也记不清了。"茜茜优雅地舔了一口冰激凌，看着窗外继续说道。

"这世上最幸运的事，就是你喜欢的人恰好也喜欢你。"我顺着茜茜的目光看过去，对面是一家名字叫"邂逅"的新开的酒吧。

后面的故事，我基本都是知道的。

茜茜最初两年的恋爱时光，是放纵在甜蜜里的。如果说自由的爱情是一片广阔的天空，那么她真的是在飞翔。但是，飞翔的代价之一就是失去贴近大地的稳重，她的学业在荒废，她的考研大计在沉沦，她的梦想在天的另一边咧嘴嘲笑她。

那时她21岁，她忘了将来，忘了现实，也忘了问内心深处的自己到底想要什么。她只是肆无忌惮地在爱，在感受，在微笑着醒来后开心地面对无忧无虑的青春。

那时亨利24岁，打工和旅游是他当时的兴趣点，对于人生，也没有太多规划。

那时候，他们的爱情城堡是驻扎在现实之外的。

茜茜毕业后，亨利也差不多游遍了湖南一带，他的下一个目的地是东北。于是，他决定带着自己已经辣惯了的味蕾和一个美丽的湖南辣妹子，转战东北。茜茜呢，当然毫不犹豫地要追随亨利。

可是，茜茜的父母不乐意了。

"老外怎么靠得住？你哪儿知道他在英国的情况？大家都说，欧洲男人和美国男人最花心了。谈恋爱就算了，你还真打算跟他走，连工作都不找了？"茜茜的妈妈苦口婆心地劝她留下来，留在父母身边，好歹有个照应。

"妈，你们不了解亨利。他就是我要找的人，我从来没有这么百分之百地肯定过。"茜茜带着对父母的歉意，毅然决然地跟着亨利去了东北。

两年来的恋爱光阴，茜茜和亨利彼此都清楚地知道，对方就是那个对的人。

既然认定了对方，茜茜开始考虑未来。他们迟早要回英国的，她明白，自己的本科学历远远不能支撑自己以后在英国找个体面的工作，何况自己读的那所大学并不是一流的。她明白，如果两个人不朝同样的目标努力，就会像两条相交的直线，甜蜜地邂逅之后，只能往不同的方向越走越远，最后剩下的无非是"曾经相遇"的一个交点。

于是，茜茜拾起曾经荒废的考研大计。这一次，不单是为了梦想，更为了创造两个人能生活在一起的有力支持。纯粹的爱情确实很美，但她毕竟不是童话中生活在城堡里的公主。

接下来的大半年里，茜茜克制住自己想吃喝玩乐的欲望，强迫自己沉浸到书本里。她努力地去理解那些枯燥的语言学理论，背诵那些先秦文学晦涩的词句。好在有亨利的支持，考研的日子虽然苦了一点，但也算苦中有乐。

然而，在大考前，茜茜还是难以承受巨大的压力。她担心自己达不到目标，这样他们就无法完成预期的美好蓝图。考试前一晚，她失眠了。亨利陪她坐了一夜，听她哭诉，给她安慰，直到天亮买好早餐，再牵着她的手把她送到考场。

努力总是不会白费。茜茜如愿考进了那所心目中理想的大学。

"他牵着我的手把我送进了考场，也把我送进了期待了三年的北京生活。这次换他跟着我来了。我们一起生活在五道口附近的这所大学里，过得很是阳光灿烂、多姿多彩。我的主要任务是上课和写论文，他的主要任务是教课和照顾我。对我来说，这三年除了和朋友们共度的美好时光，最难忘的就是每学期都要阅读的十几本英文原著了。在亨利的鼓励下，三年来我读了大约100本英文书，有小说，也有专业书。"茜茜回忆说。

"哦，还有'亨利火锅'的味道。"她开心地补充道。

亨利在茜茜读研的学校应聘成为英语外教，并住进了该大学的"专家楼"。他做得一手好菜，经常在节假日里用他的看家本领"亨利火锅"招待茜茜的朋友们。

"专家楼108公寓也留下了我们的痕迹，尤其是客厅的天花板，被'亨利火锅'熏过无数次的那一块儿。"茜茜俏皮地说。

此刻，当我们在叙旧畅聊时，亨利又在厨房里忙乎着做火锅。

我探头问亨利："需要帮忙吗？"

亨利还没来得及回答，茜茜抢先说道："不用的。我已经快十个月没下过厨房了。自从上次我生病住院，医生说我身体弱需要多休息，他就坚持说我除了上班之外什么都不用管，全都由他来负责。好在他喜欢做菜，而且中国菜做得比我还好。他现在会做很多种湘菜，什么香辣蟹、小炒肉、麻婆豆腐，都不在话下。"

茜茜真的是掉进了蜜罐里。结婚回英国以后，亨利大概是体会到了肩上的责任，变得特别上进。他以第一名的成绩拿到了曼大商学院的硕士学位，又申请了该校的MBA课程。如今，亨利的工作时间很自由，可以在家办公，简直就是茜茜的专职保姆。出门的时候，他又变身成了专职司机、导游和摄影师。

"看你朋友圈的照片，拍得越来越漂亮了呢。"我说。

"我曾经抱怨过他把我拍得太丑，后来他就买了最好的照相机镜头，还有好多有关摄影的书，没事就研究。托我的福，现在摄影成了他的业余爱好。"茜茜一脸幸福地说。

"应该的，有你这么漂亮的老婆做模特，他就应该学摄影。"我打趣道，"对了，你父母现在接受亨利了吧？"

"他们啊，早就接受了。为了和他们交流，亨利自学了好几年汉语。在北京的时候，我带亨利去我家，我爸妈一听他汉语说得这么好，马上夸这个小伙子有心。这么多年来，亨利怎么对我，他们也都看在眼里。现在我们拌个嘴，他们都说是我不对，护得亨利都找不到北了。"茜茜说着，故作不满地白了在厨房里的亨利一眼。

"火锅汤底是要辣的，还是辣辣的，还是辣辣辣的？"亨利一边往桌上摆菜，一边问。哈哈，原来汉语还可以这么说。

"亨利火锅"真不是吹的，锅底麻辣鲜香，牛羊肉海鲜丸超嫩，蔬菜清爽可口。

我们聊着一些还有联系的同学的现状，我再一次表示了对茜茜的工作的羡慕。

"说真的，能找到这份工作，并最终能留下来，得益于我当初死啃的那些英文原著，它们奠定了我扎实的英语基础。而且我一直蛮拼的，虽然已经过了试用期，拿到了长期合同，但工作几年来我从未请过假，即使是去年生病做了个小手术，也没有耽误过一节课。我喜欢这份工作，所以我会想办法做好它。有时候，去超市的路上，我都在想明天的课应该怎么组织，要穿插什么活动。"

茜茜说得云淡风轻，而我看到的，是一个美丽又努力的女孩，在为想要的生活打拼。

我说我想写写她的故事以及她和亨利的故事。

"我们的故事？我们的爱情和生活太平淡，没有山盟海誓，没有惊天动地，只有携手共进。写成故事，也不一定有人喜欢。"茜茜说。

"可是，你们的故事，就像这'亨利火锅'，有让人沉迷的爱的味道。"我说。

离开谢菲尔德的时候，我又想起了茜茜的结婚誓言："他就是我的东南西北和春夏秋冬！"东南西北，有你的地方就有家，我永远追随你；春夏秋冬，一起走过冷暖疾苦，永远不离不弃。茜茜，我的理解对吗？

不遇"渣男"，怎么知道谁是真爱

　　茉莉与驾驶座上的男孩吻别后，下了车，随即走进我就职的这家公司。

　　这是我第一次见到茉莉：破洞牛仔短裤搭一件塌肩象牙白厚帽衫，脚上一双UGG棉靴，靴筒故意翻卷过来，露出里面暖融融的毛，右肩挎着一个大大的黑色布袋，右耳上打了一排耳钉，一米七以上的个子，头发高高盘起。

　　我笑着给她开门，她是我的新同事。

　　我们一起做上班前的准备工作。不说话似乎有点尴尬，于是我说："你的搭配不错啊，很新潮，很前卫。"

　　她淡淡一笑："没办法啊，比利时这天气，夏天根本没办法穿裙子。可怜我一大箱子夏天的衣服，连个露脸的机会都没有。"

　　她就这么简单的一句，让我摒弃了在陌生人面前一贯的矜持，把我骨子里的粗犷和不着调都释放了出来。

我说："我也好怀念中国的夏天，大姑娘和小媳妇都穿着吊带儿衫、热裤、迷你裙，一边抱怨天气太热，一边窃喜可以毫无顾忌地露大腿、露肚脐眼儿。总之，中国的夏天是女人的季节，也是男人的季节——男人一饱眼福的季节。"

她冲我一乐，继续低头做手里的工作。我们很快熟络起来。不出三天，我就有幸了解了她26年来的故事。

茉莉出生在西安，土生土长的西北姑娘。父亲开发廊，母亲开饭馆儿，从小她就总是一个人在家里。她要什么有什么，想怎样就怎样，什么都不缺，唯独缺陪伴。不过好在她有独立的个性，也没觉得一个人在家有什么不好。

从初中到高中的六年，茉莉休过学、辍过学，学过素描和写生，高二时还参加过一个业余模特班，偶尔还出去演出。她的成绩自然不怎么理想，但也不算特别差。

茉莉的高考分数刚刚达到艺术类院校的分数线，她填了两个志愿。第一志愿是西安某高校的表演专业，第二志愿是北京某高校的服装专业。

出乎意料的是，她竟然被两所高校同时录取了。据面试的老师透露，她是报考北京那所高校的同学里分数最低的，由于她有很多场模特表演的经历，所以被破格录取。

茉莉最终选择了西安的那所三流大学。原因是她去面试的时候，遇到了高中时暗恋的男生，他也考到了那所学校，体育系，篮球专业。

那个男生一米八几的个头，身体很健硕，长得也很帅。每次篮球比赛，都会有女生扎堆儿给他加油呐喊；每一个进球，都会引起一片尖叫。送矿泉水的，递纸巾的，偷偷给他拿零食的，起哄向他要电话号码的，茉莉都见过。但茉莉坚信，他是她的。

事实确实如此，不管别的女生怎么暗送秋波，怎么投怀送抱，最终打完篮球与他一起吃饭的，是茉莉。她骂他衣服一股汗味儿，他笑而不语。

篮球专业的帅哥与表演专业的女模特儿在一起，自然是高颜值组合。尽管那些女生还是去看他的球赛，还是会在他进球时尖叫，可对于想把帅哥收入麾下这件事，她们只能望洋兴叹，知难而退了。

茉莉所在的模特队经常会有演出，劳务费虽然不高，但对于还拿着家里生活补助的大学生来说，已经是不错的津贴了。茉莉从来不是斤斤计较的女孩，吃饭、购物什么的，她都主动掏钱。

大二的时候，茉莉与带队老师和辅导员大吵了一架，从此上了他们的黑名单。她再也没有机会去表演，甚至能不能顺利毕业都是个问题。

给我讲这一段经历的时候，茉莉苦笑了笑，但是很平静。

"后来我就只能自己接点私活，比如给网店当平面模特，商场促销时去走秀。这样赚得很少，为了节省开支，我和男朋友不能每个周末都腻在一起了，不能再大吃大喝了。大二暑假，我去了我爸在厦门开的发廊帮忙管理。一个月后回来的时候，朋友欲言又止地告诉我，我男朋友和我的闺密在一起了。"

茉莉什么都没说，约他出来扇了他几个耳光，这事儿就这样翻篇儿了。

初恋就这样毁在了与闺密劈腿的"渣男"手里。大三开始，她学会了低调。

"没办法的办法，如果我想顺利拿毕业证，就只能忍。"虽然她还是被禁止演出，但她努力学习英语和专业课，并在学校举行的服装设计大赛中获得了一等奖。

大三下学期，茉莉迷上了吉他，并因此结识了一个三线歌手。

"他个子不算太高，一米七六，但是在舞台上边弹边唱的时候，简直会迷死人。他的声音里带着一丝沙哑，每一个手势每一个动作都那么恰到好处。他身上那种独特的魅力，我在一线明星的身上都找不到。"总之，茉莉又恋爱了。

她陪他去过无数个城市，他去哪儿演出，她就陪他到哪儿。他们一起住青年旅馆，一起分一碗炸酱面。他们几乎把所有的钱都贡献给了中国的交通事业，最窘迫的时候，她还陪他睡过火车站过道的长椅。

一年后的某一天，由于一个记者的一篇报道，那个三线歌手正式成为香港一家音乐公司的签约歌手。茉莉欢天喜地去香港陪男朋友庆祝。

他带她去五星级饭店吃了顿西餐，又去购物中心给她买了块她一直想要的肖邦手表。他们度过了浪漫的一夜，茉莉感觉连空气都是甜的。

第二天，当她恋恋不舍地与他告别，坐上回西安的火车时，收到了他的短信："对不起，我还是比较喜欢南方女孩的温婉。那块手表，算是我对你的补偿。我们分手吧。"

茉莉愣了神。她想不明白他为什么要分手，也懒得去想。她摘下手腕上的肖邦手表，使出吃奶的劲儿掼在了地上。

转眼就是毕业季，茉莉学会了化浓妆，学会了泡吧。在酒吧里，她无情地拒绝前来搭讪的帅哥，对于想包养她的老男人，她就两个字："我呸！"

就这样纸醉金迷地过了一年，茉莉在父亲的劝导下，决定去意大利米兰读一年期硕士，专业是时尚采购。

临行前几天的一个晚上，好友们在酒吧里给她办欢送派对。那天晚上，大家都喝多了。

茉莉只记得有一个外国男孩向她走过来，用流利的英语自我介绍，然后问她的名字。她本来是想说"滚开"的，大概是喝醉了的缘故，她告诉他她叫茉莉，还把自己的住址也告诉了他。

第二天早上，当她酒醒过来顶着熊猫眼出去遛狗的时候，在家门口"邂逅"了那个外国男孩。

他就是我第一天看到茉莉时与她吻别的那个男孩，那个一年间24次从比利时飞过阿尔卑斯山去米兰见她的男孩。他是一所中学的英文老师，兼职做DJ。

茉莉从米兰毕业后，在欧盟还可以有半年的居留权，于是就来比利时"夫唱妇随"了。他们住在一起，却是AA制负担生活费，所以茉莉不得不出来工作。她说毕业后不好意思再花父母的钱了。

一个周五，茉莉画着精致的妆容来上班。那天她穿着一件白色短款貂毛大衣，贵族气质十足，举手投足间有点像歌手王菲的气派。说真的，那天我才从她的身上看出她模特的气质来，看来"三分长相，七分打扮"的老话还是有道理的。

"哇！惊为天人啊！"我夸张地说。原来那天晚上他们有个稍具规模的派对，茉莉自然是想给男朋友挣够面子。

第二天早上，茉莉又做回邻家女孩，拿出她的苹果手机，反复地算这个月的支出和收入会不会是赤字。

我心情复杂地看着她，一方面心疼她活得太辛苦，另一方面这也正是我欣赏她的地方：一个本可以靠长相吃饭的女孩，偏偏要靠自己的双手来生活。在如今这个物欲横流的世界里，很多女孩选择所谓的捷径，真的没有多少人能做到像她这样。

"有时候想想，我觉得他也是个'渣男'。"有一天她突然冒出这么一句。

我问她何出此言，她说："那天我说，你挣得比我多，为什么我们要各自负担一半的生活费？你应该比我多付的。你知道他怎么回答我吗？他居然说，他并没有真的让我负担一半的生活费，好多费用都是他一个人支付的，比如网络费用，比如买避孕套。"茉莉不介意我笑得花枝乱颤，继续说："我当时都气疯了，我警告他以后别买避孕套了，说我对这种事不感兴趣。"

我忍住笑，安慰她："一个男生能说出这种话，确实会让女生反感，难怪你觉得他是'渣男'呢？"

她缓了缓，接着说："我不知道我们之间是不是真爱。我们也吵过架，我曾把他从床上踢到地板上，也曾半夜夺门而出。我们互相折磨，但就是不会分手。"

我愿意相信他们是真爱，因为我看过他们吵架后，男孩怎样失魂落魄地红着眼睛凌乱着头发来找她；我见过他们和好后，怎样旁若无人地在大街上甜蜜拥吻；我知道茉莉来月经的时候，男孩半夜起来去给他灌热水袋；当茉莉签证到期不得不回中国时，作为独生子的男孩辞掉工作顶着来自父母的压力追随她来了中国。

茉莉就是这样一个西北女孩：粗犷豪放，我行我素。她不会为金钱出卖自己的感情，不靠自己的相貌游戏人生。

回中国后，她曾凭借自己在米兰的学历谋得北京某区Zara（飒拉，西班牙服装品牌）销售经理一职，后来也因为宁折不弯的个性丢了这份工作。

茉莉不完美，但是，茉莉自有茉莉的风骨。

"我永远相信爱情。不管我遇到过多少次'渣男'，我都不后悔，因为他们是我曾经的选择，我喜欢过、爱过、拥有过。不遇到几次'渣男'，我怎么知道谁是我的白马王子呢？"茉莉说。

一只戴假发的彩蝶

看着舞池里尽情摇摆的赛琳娜，想到明天我就要乘火车回荷兰，再见她不知道是什么时候，心里突然涌起不舍。我端起桌上的红酒，一饮而尽。

认识赛琳娜，也就是上个周日的事情，恍惚间却觉得那是很久以前。

那天，从埃菲尔铁塔下来，我筋疲力尽。为了不排队，我爬上去又走下来，体弱的我，明显感觉到血糖在下降，赶紧找了间咖啡厅，叫了一杯朗姆黑咖啡。

坐在我旁边的是一位年轻女子，她看起来二十七八岁的样子，利落的短发，褐色的大眼睛很深邃，鼻梁挺直，嘴唇微微上翘，实在是个典型的美女。她的衣饰很简洁，一件保罗衫、一条牛仔裤，十分惬意地闲坐着，给人一种清爽的感觉。

看到我虚弱的样子，她友好地冲我笑笑。服务员端上咖啡，附送了一块饼干。咖啡里有咖啡因，我不敢喝太快。为了让血糖迅速恢复正常，我狼吞虎咽地吃下了饼干。

她轻声问我："你会说英语吗？你是不是身体不好，我看你面色有些苍白。"

我赶紧擦擦嘴角的饼干屑："谢谢关心。可能是因为早饭没吃好，血糖有点低。"

她点点头，意味深长地说："身体很重要啊，一定要保重。"

女孩告诉我，她叫赛琳娜，今年29岁，来自美国。

"你也是来巴黎度假的吗？"我问她。

她笑了："可以说是度假，也可以说不是。我打算在这儿住到我想离开为止。"

我正想表达我的羡慕之情：可以随心所欲去自己想去的地方，愿意住多久就住多久，是多么美好的事！可她接下来的话，让我感到惊讶和黯然。

原来，赛琳娜曾经是一名律师，在纽约工作。两年前的夏天，她身体不舒服，检查后得知，得了乳腺癌。医生说乳腺癌治愈的可能性非常大，她也非常有信心，就听从医生的建议，手术、药物、化疗。到了当年的十二月，复查时，医生说，赛琳娜各项指标正常，没有了癌细胞存在的迹象。

一家人皆大欢喜。赛琳娜又投入到紧张的工作中。由于年轻没经验，处理一个案子，她要付出别人双倍的努力。

2011年，她从耶鲁大学毕业，又在去年四月顺利拿到斯坦福大学法学院的录用书——那可是全美最难申请的项目之一。

正当赛琳娜无比开心的时候，不幸突然降临。她的乳腺癌复发，且症状较以前严重。她蒙了，不再相信医生的治疗方案，但又别无他法，不情愿地住进了医院。

住院第14天，同病室的癌症病友去世，她们俩本是互相鼓励、互相支持的好姐妹。在给病友收拾遗物的时候，赛琳娜崩溃大哭。她逃回了家中，拒绝再回医院治疗。

"那是我生命中最灰暗的一段日子。治疗有什么用？好了还是会复发。化疗有什么用？不知道哪天死神就会降临。我悲观地待在家里，什么也不做。"她像是在讲别人的故事，语调平静，"这样持续了大概一个月。有一天，我坐在院子里发呆，一只彩蝶飞过来，落在木桌子的边缘。它的羽翼美得让人心动。我注视着它的时候，它飞到我的胳膊上，停留了大约20秒，然后又蹁跹地飞走了。"

"我一直觉得，那只蝴蝶，是来点化我的。因为我疏忽之间豁然开朗：蝴蝶的生命是极其短暂的，但它们总是带着绚烂的色彩，翩翩起舞着过完每一天。我为什么不能做一只美丽的彩蝶呢？我这么颓废着，岂不是对不起上帝给我的时间？"

赛琳娜立马收拾起来，让母亲陪她逛街买假发。她的头发，由于化疗，已经快掉光了。看她愿意打扮自己，母亲激动得直掉眼泪。

赛琳娜重新燃起了活下去的勇气，但她要在剩下的有限的时间里为自己而活。

"从小我就听你们的，努力学习，门门功课拿5分。我按你们的要求考上了耶鲁大学，又为了出人头地拿到斯坦福大学法学院的录用书。从今天开始，我要享受每一天，为自己而活。"她对父母说。

她辞了工作，找医生开了药，带了几件简单的衣物，来到巴黎。我认识她那天，她已经在巴黎住了一年零一个月。

"巴黎是我最爱的地方。本打算下一站去里斯本，不过——"她忽然转了话题，"你在巴黎还待几天？"

"七天。"我回答。

她热情地邀请我住到她那儿去："把钱浪费在宾馆，实在太不值当了。"

"不用不用，太打扰了。"我拒绝，我其实不习惯住别人家里。

"没关系。我现在状态好得很呢。对了，我有个约会对象，明天介绍给你认识。"她调皮地对我眨了眨眼睛。

在赛琳娜的一再邀请下，第二天，我搬去了她的小公寓。她帮我在她的书房里安顿下来，就拉着我去买假发了。"我想买个大波浪的，今晚约会时戴。"很明显，她对约会的对象很重视。

我们选了《欲望都市》里四个女主角的发型：凯丽的金色长直发，莎曼珊的齐肩个性中长发，夏绿蒂的褐色大波浪，米兰达的棕红短发。

赛琳娜一个一个试给我看。不同的假发，戴在她头上，就是另一种风情。这么美的女孩，这么热爱生活，怎么可以得这样的病呢。我在心里默默祈祷，希望上帝可以眷顾到她。

她打电话跟约会对象订好了时间地点，就开始打扮自己。化好妆以后，她大方地在我面前褪去丝袜和连身裙，穿上一件红色的小礼服。今天她戴的，是夏绿蒂的褐色大波浪假发，配上艳丽的小红裙，活脱脱就是那个爱情理想主义的夏绿蒂站在我面前。

"那个他，知道你的病情吗？"我问。

"知道的。我来巴黎以后，就加入了一个癌症病友联谊会。他是个银行职员，做义工，帮忙打理这个联谊会。"赛琳娜一脸的幸福，"在喜欢的地方过着喜欢的生活，遇到喜欢的人，我还奢望什么呢？"

赛琳娜说着，在镜子前转了个圈儿，以欣赏的眼光看了看镜子里的自己。

晚餐约在位于巴黎第八区的一家意大利餐厅。男人叫马丁，意大利与法国混血，不算高大，倒挺帅气。赛琳娜与他亲密拥抱，然后给他介绍："这是我在埃菲尔铁塔下'捡到'的朋友，沐儿。"男人好看的蓝眼睛里带着笑，轻轻和我握手。

晚餐的气氛好极了，男人看赛琳娜的眼光无限宠溺。回去的出租车上，赛琳娜说："明天和后天，我陪你四处走走。后天晚上，我就不陪你啦。你一个人住在我的小公寓里，我去陪我的马丁。"

赛琳娜已经是巴黎通。她知道哪一家店的冰激凌好吃，哪一家店的法餐正宗。旅行，跟不同的旅伴一起，绝对是不同的体验。以前去巴黎，我跟我先生一起，是温馨之旅；而这次有赛琳娜作陪，绝对是疯狂之旅——过去的两天，我们的状态就是吃吃吃、买买买、笑笑笑。

她恣意地生活，活力四射，我怎么也无法把她跟"癌症病人"联系起来，除了她每晚必服的黄色药丸。

周三晚上，赛琳娜打扮得美美的，容光焕发地出去。可是，半夜里，她却哭着回来了。

原来，激情的时候，马丁不小心拽下了她的假发。看到她稀疏得近乎秃顶的头皮，马丁还是愣了一下。

"他从来没见过我不戴假发的样子。我那个丑模样一定把他吓坏了。"赛琳娜是哭着从他家跑出来的。

"他知道你的病情，就应该能想象到的。你别太担心，没有你想得那么糟。"我安慰她。

原来，美丽如她，内心里也还是不自信的。病痛真是个可怕的东西，无论怎么努力，来自心底的恐惧始终存在。癌症就是个魔鬼，多少人被它折磨得生不如死；还有些人，活在绝望里，行尸走肉般过完残生。

"我不想让他看到我真实的样子……"赛琳娜还在叨叨着这句话的时候，马丁的电话打了过来。骄傲的赛琳娜挂断了电话，把手机塞到了枕头底下。

大约半个小时后，门铃响起。马丁出现在门口，他一进来就吻住赛琳娜，然后诚恳地跟她道歉："你已经走进了我心里。在我面前做自己吧，不要刻意地去掩饰。你若病好了，我陪你一生；万一不幸，我陪你到你人生的最后一天。"

看到赛琳娜破涕为笑，我悄悄掩上了书房的门。

我要离开的前一天晚上，赛琳娜带我去巴黎的迪吧跳舞。那天她戴着米兰达的棕红短发，在舞池里尽情摇摆。我要了一杯红酒，欣赏着她晃动的身影。

"月底有个检查，我会告诉你结果。哪天各项指标都正常了，我就带马丁去荷兰找你。如果恶化，就此别过。"她跑过来喝了口她的那杯杜松子酒，又摇晃着去了舞池中间。

我举起酒杯朝她示意："我在荷兰等你。"

你是我一生的赌注

　　从马其顿回来，我就想写写波利安的故事。当时工作太忙，一搁置，就是三年。

　　三年前的春天，先生公司组织了一次去马其顿的旅游。40人一组，一切行程、娱乐活动都由马其顿旅游小城奥赫里德的旅行社安排妥当。我们从马其顿首都斯科普里机场一下飞机，旅行社的大巴就将我们接往奥赫里德。

　　大巴里的导游叫沃尔多，是一个憨厚的三十来岁的男人，讲一口流利的荷兰语，几乎没有口音。我佩服得不行，问他怎么可以把发音奇怪的荷兰语学得如此炉火纯青，他说："我在荷兰生活过五年。再说，我太太就是荷兰人啊——等会儿你们就会见面的，她已经在宾馆了。"

在宾馆大厅里，果然见到了沃尔多的太太波利安。我对西方女士总有自己的一套审美，在我眼中，波利安真的可以算是美女：修长的脖子，直挺的鼻子，眼睛大而深，睫毛浓密卷曲。她比沃尔多高出一头，本来我也没觉得沃尔多其貌不扬，可站在波利安身边，他全身上下都在告诉我"配不上"这三个字。

第二天的活动，由波利安带队。她领我们骑了毛驴儿，看了特色演出。当我知道她来自韦尔赫特的时候，不禁"呀"叫出声来，因为当时我们也住在那个小城。

这次因缘际会让我们格外亲密起来。晚上她邀请我和先生去她家私人泳池游泳，我们欣然应允。后来我们相谈甚欢，聊至深夜，我有幸得知，她从荷兰来到马其顿背后的故事。

波利安原本有个妹妹，比她小两岁。姐妹俩从小一起长大，十分亲密。可惜，妹妹患有抑郁症。波利安想尽一切办法，仍然没能把她从病态中拯救出来。

妹妹20岁生日那天，自杀身亡。

波利安无法接受这个事实。她没有帮家人处理完妹妹的后事，就只身去了尼泊尔，那是妹妹一直念叨着想去的地方。如今，妹妹永远也去不了了，她想替妹妹完成这个遗愿。

一路的尘土飞扬，物质上的贫穷与落后，比预想中要糟糕得多。波利安得了肠炎，发烧呕吐。不发达的医疗与语言的隔阂，让她受尽折磨。

登上纳加阔特（尼泊尔靠近喜马拉雅山的一处村庄，位于一座正对着喜马拉雅山的山脊上，被称为"喜马拉雅山的观景台"。）看喜马拉雅雪山全景，是妹妹的心愿。波利安坚持着爬上了这座海拔2700多米的山。当玉带似的雪山出现在眼前时，她觉得，所有的辛苦，都是值得的。

波利安在心里祈祷，希望妹妹可以借她的眼睛，看到梦寐以求的美景。虚弱的她，决定回加德满都好好休息一下，然后再深度游览这座神奇的城市。

祸不单行，这一年对波利安一家来说，尤其是这样。

波利安的父母接到通知，他们的女儿在尼泊尔加德满都某医院里，昏迷不醒。原来，波利安在下山途中，脑血管出血。好心人拨打了急救电话，医院根据她手机里的信息联系上了她的家人。

伤心欲绝的父母接回波利安，把她安置在离家不远的一所医院里接受治疗。医生表情凝重，说情况不容乐观，波利安有可能一辈子都会是植物人状态。

刚刚失去小女的父母，又经历这么个打击，几欲崩溃。好在有沃尔多，他们的邻居，尽心尽力地帮他们照顾波利安。

沃尔多是马其顿人，偶然的机会来荷兰混生活。他租住在波利安家的顶层里，平时很少跟他们来往。他靠打零工生活，经济不宽裕，却有一颗热情的心。

面对波利安家经历的一切，他感同身受，安抚这对父母，并主动承担起了照顾波利安的重任。

他每天抽出一个小时给波利安按摩，用他带有东欧口音的荷兰语跟波利安聊天。虽然她没有反应，他却坚持不懈。

"她一定会醒过来的。这么美好，这么善良的姑娘，上帝怎么舍得就这样把她带走。"沃尔多对波利安的父母说。

他一直这么说，次数多了，波利安的父母似乎也相信了。有沃尔多在身边，他们好像找到了支撑。

日复一日，沃尔多坚持给波利安按摩，一边按摩一边跟她讲话。他给她讲她父母对她的担心，讲小城里发生的故事，讲他新看的电影。

两个月零四天，当沃尔多给她读报纸的时候，她的眼睛似乎睁了一下，但很快又毫无动静了。

两个月零五天，沃尔多跟她说："波利安，早点醒过来吧。我想看到你的笑脸。你知道吗？我一直是喜欢你的。但我知道，我给不了你幸福，所以我从来不敢让你知道。"

波利安的眼角，流下两行泪来。她挣扎着睁开混浊的眼睛，看向沃尔多。她的手动了动，像是想要抓住什么。但很快，她又沉沉睡去。

沃尔多欣喜万分，他知道，波利安一定听得见他的声音，只是，这声音像在遥远的梦里。她太虚弱，无法醒过来，也无法做出回应。但是她能听见。

波利安的父母也更加坚信，他们的女儿一定能醒过来。

情况一天比一天好转。波利安可以睁开眼睛，看一看周围。后来，她可以抬起手来。

快三个月的时候，她对着父母，喉咙里含混发出"妈妈"的声音。有一次，沃尔多给她读故事，她竟然冲他笑了一下。

这一笑，让沃尔多激动得哭了。因为医生说，如果她会笑，身体的其他功能或许也都会慢慢地恢复。

三个半月的时候，波利安能认出来探望她的亲人们了。沃尔多搀她起来，可波利安忘了该怎么走路。

沃尔多教她迈步，从床边到桌边，从桌边到厕所，从厕所到走廊，一共用了三个多月。

等到波利安可以推着车子在走廊散步以后，她从医院转到了康复中心。沃尔多嫌护士不够耐心，他亲自拉着她去园子里练习，带她上楼下楼。

七个月以后，波利安终于可以回家了。她反应还有点迟钝，但已经会自己走路，走路的姿势像个老妇人；她可以自己用勺子吃东西了，尽管刀叉还是配合不好。

重新回到家里的波利安变了。她的目光总跟着沃尔多，她出去练习走路，只让沃尔多搀扶；沃尔多若是不在，她就拒绝出门。

这样的日子，又持续了几个月。第二年春暖花开的时候，波利安差不多完全康复了。她又回去上班了，一切并没有太大的变化。同样的办公室和熟识的同事，只是她的身边多了一个沃尔多。

"我不知道是感激还是依赖。即使我恢复了，还是觉得离不开他。可能因为，是他把我从死神的门口呼唤回来的吧。"波利安说。

"我们的爱情，不是一见钟情，更不是激情四射，而是一种生死相依的感觉。"波利安决定嫁给他的时候，父母全力支持。

"我们真正是裸婚。他没有房子，没有车，没有固定工作，没有存款。结婚后，我只是从我家二层搬到了三层。"波利安回忆说。

"那天，我说要嫁给他，他的眼睛亮亮的，像天空中的星星。但随即又黯淡了下来，他问我：'你想好了？如果你是因为感恩嫁给我的，我宁愿单身。我一无所有，你可不要冲动。'"

"我说：'是的，是有感恩的成分。但我现在离不开你。我要跟你先结婚后恋爱。'"波利安说着，竟然像少女一样羞涩。

结婚以后，两个人决定解决这种一穷二白的状况。沃尔多提议，可以开旅行社，因为他的老家奥赫里德有一个美丽的天然湖。

说干就干。两个热血青年倾其所有，再加上对未来生活的期待，旅行社很快做得红红火火。

"那时候生意很好，因为我们是奥赫里德的第一家旅行社。另外我们主要做荷兰人的生意。语言的优势，加上报价低，头三年，我们几乎天天都有旅行团。"

现在，奥赫里德的旅行社如雨后春笋，一家又一家冒出来了。他们的生意自然不如从前。

"没关系，我们已经赚够了第一桶金，已经有了新的想法。"沃尔多神秘地眨眨眼睛。

"当初嫁给他的时候，已经做好了跟他过苦日子的准备。没想到，他居然小有所成。"波利安笑笑，明显对现在的生活相当满意，"我看上了这个人，把我一辈子都押在他身上，没想到押对了宝。"

沃尔多坐到波利安身边，揽住她的腰，对我们说："很多年没跟人提起过这段历史了，谢谢你们的倾听。当初，她没苏醒过来的时候，我真的是做好准备，照顾她一辈子了。不为别的，只是不愿这么一个美好的女子，孤零零地躺在医院里。"

他哈哈一笑，接着说："我的宝也押对了。美人苏醒了。"

我的眼睛湿润了。生活，真的是比故事更感人。

第二天的项目，是穿当地人的民族服装，喝苹果酒，跳民族舞。波利安亲自帮我选衣服，肚兜、束腰、内衬，然后是摸起来像粗麻布一样的外罩。装扮完毕，我看起来像一个50岁的老妇。

我走到先生面前，认真地问他："看看这个臃肿的我，以后我也许会变成这个样子，你会嫌弃我吗？"

先生扭头看我："天啦，希望你不要变成这个样子。不过，娶了你，这也是我下的赌注。"

沃尔多和波利安都笑了。

我要嫁的，就是这样的你

这世间最浪漫的一个词估计是"邂逅"吧。

没有约定，没有强求，因缘际会地遇到，之后不管是擦肩而过还是携手同行，都那么美好。

金特与亚当，就邂逅在那个残阳如血的傍晚。

八月底的北京还很燥热，但难得的蓝天白云让人心情格外舒爽。金特握着手里的机票，有点忐忑不安，她第一次一个人乘坐国际航班，何况还要在莫斯科换乘。

百无聊赖中，她滑开了iPad的界面，打算看部电影。一个好听的男声忽然传过来："你好，打扰了。能不能借用一下你的iPad，我需要查个邮件，可是我的电脑连不上机场的网络。"他说一口流利清晰的英语。

金特非常开心能帮到他，马上将iPad递了过去。他好像很着急的样子，一边说着谢谢，一边已经开始操作了。

他回邮件的时候，金特忍不住看了看他：由于太专注而微微张开的嘴，深蓝色的像太阳花的瞳仁，棱角分明的脸。不算太帅，但很耐看。

他终于弄好，长长地舒了口气，将iPad递了回来，由衷地说："真是太感谢了。你解了我的燃眉之急。"

一眼瞥到金特的机票，他开心地说："我也是从莫斯科转机回阿姆斯特丹的，真巧。"然后伸过手来，"我叫亚当。"

金特很满意他的名字，好记。她最不喜欢的，就是很长很长的外国人的名字，因为她总是记不住。

飞机起飞的时候，金特有点紧张。她闭紧着眼睛，牢牢地抓住座椅的扶手。她的手心都是汗，但她不想被别人看出来。

亚当坐在跟她隔了个过道的前一排，时不时会回头看她一眼。

"你是不是有点晕机？"在莫斯科转机的时候，亚当问。

"是有点。"金特不好意思地承认。

亚当从口袋里掏出一盒口香糖，递给金特："等下再起飞的时候，你嚼两颗口香糖，就会好很多。”

金特大方接受了他的好意。两个人聊得很投机，金特告诉他，她去阿姆斯特丹上大一。而亚当，家住阿姆，却要去鹿特丹上大学。

“你大四？”金特看看他的年龄，估摸着差不多大学要毕业的样子。

“我看起来那么老吗？可能是我长得比较着急。”亚当有点脸红，“我也是大一。”

金特为自己的莽撞后悔。好在亚当并不介意，他们又聊了好多上学的趣事，然后互相留下了联系方式。

金特本以为，她对亚当是一种依赖。一个人远在异国他乡，亚当就像她抓住的一根救命稻草。

她生病了，亚当会帮她约好医生，然后告诉她去医院的乘车线路；她周末想出去玩，亚当会根据天气，给她安排出游，有时候还会亲自赶过来带她一块去。

晚上，亚当会发来短信，嘱咐她赶紧回到住处；早晨，他会打电话过来，催她起床。

亚当就像家长一样照顾着金特，尽管他俩年龄相仿。自从金特教会了亚当用微信，两个人的联系更频繁了。

　　圣诞节假期，金特回了中国。半个月不见，两个人才知道对彼此有多牵挂。金特发现，即使有父母把自己当宝贝似的宠着，她还是疯狂地想念亚当；亚当也发觉，一直以来自己已经习惯了关心这个中国女孩，这种关心已经演变成了爱。

　　假期一结束，两个人迅速确定了恋爱关系。半个月的相思，彼此都知道了对方在自己心里的地位。

　　金特从中国带过来一对情侣T恤。一件写着"我只吃饭不洗碗"，另一件写着"我只洗碗不吃饭"，非常丑的老蓝色。

　　亚当一边嫌弃着金特的审美，一边还是顺从地穿上了。而且他从此真的过上了"只洗碗不吃饭"的日子。因为他不喜欢吃中餐，金特做了中餐就自己吃，而他则无怨无悔地帮她洗碗。

　　亚当穿着又土又丑的"我只洗碗不吃饭"的T恤，跟着金特去遍了阿姆和鹿特丹的中餐馆。看着金特狼吞虎咽地吃得那么香，亚当即使就吃几根春卷，心里也是满足的。

　　大三的圣诞节，亚当跟着金特回家见父母。"丑媳妇也要见公婆嘛。"金特调侃他。

　　别说，亚当还真的相当紧张，他知道有些中国父母喜欢干涉孩子的恋爱和婚姻。何况，现在的家长，都要问未来女婿有没有房子和车子。他可是两手空空啊，而且他的父母可不会帮他付什么首付。

"放心，我爸妈很开明的。即使他们反对，我也会跟你私奔的。"金特打趣似的安慰他。

金特领亚当去王府井小吃一条街。亚当见到各种油炸的昆虫，脸都白了，可金特却说"琳琅满目都是好吃的"，她"咯崩咯崩"嚼得欢快，最后还买了一大袋提回家。

"你尝一下，这炸蝎子超级好吃的。"看到金特突兀地递过来的蝎子，亚当紧闭着嘴唇摇头。

"那你挑一种，尝一口。你必须吃。"金特要起赖来。

"别闹了亲爱的，我真的吃不下。"亚当苦着脸。

"我爱吃的东西你都不吃，好没劲！"金特生起气来。

她是真的希望，他能像她童年的小伙伴一样，跟她一起开心地大吃这些小玩意儿。

亚当拗不过她，可那些昆虫他实在无法下咽。挑来拣去，他只好拿了个蟹腿，在金特买的诸多小吃里面，这是他唯一可以接受的东西。

亚当明知道自己对海鲜过敏，可是为了让金特高兴，他决定冒一次险。

这个险，简直要了他的命：当天晚上，亚当浑身红肿瘙痒，头昏胸闷，吓得金特父母赶紧把他送去了医院急诊室。

金特对亚当海鲜中毒的事满心愧疚。她觉得自己太矫情了，非要逼他吃他不喜欢的东西。她后悔得要死，亚当却并没有怪她："是我自己的过错。我应该闭上眼睛吃下那个长腿的东西的。"他指的是炸蜢。

大四的时候，亚当忙了起来。毕业论文、工作实习，更重要的是，他在秘密筹划一个惊喜。

爱弹吉他、爱唱歌的理工科学生亚当，其实还有一个特长：服装设计。他想让金特在毕业那天，穿上他亲手设计的礼服。

多少个夜晚，他在灯下绘制、修改。色彩搭配，他不仅从美学方面考虑，更注重了金特的喜好。金特喜欢蓝天白云，于是蓝色和白色，是这件礼服的主色调。

尺寸都是他陪金特买衣服的时候，偷偷记下来的。历时一个月，设计完成。亚当去中国城买了绸缎，央求妈妈替他裁剪缝纫。

毕业那天，亚当让金特闭上眼睛，他要送她一样毕业礼物。

那件蓝白相间的礼服，穿在金特身上，只让人惊呼完美。

亭亭玉立的金特，像是一只优雅而高贵的孔雀，昂首立在同学们羡慕的眼光中。就连来出席女儿毕业典礼的金特父母，都被感动得眼泛泪花。

　　"你确定你以后要嫁给他了？"妈妈问金特。

　　"嗯。"金特轻声回答，但在亚当听来，这声音如雷声般击中了他的心。

　　这就是金特与亚当的故事。一次邂逅，促成了一份美满的姻缘，这世间最奇妙的事莫过于此了吧。祝福他们！

第二章

○

留着所有力气变美好

姑娘，别低估了一份工作的作用

罗·科林伍德说："真正的自由属于那些自食其力的人，并且在自己的工作中有所作为的人。"

我尊重每一个自食其力的人，不管他从事哪种行业，只要有一份正当工作，都是值得骄傲的事情。

对于女孩子们尤其是这样，每一个女孩，都要清楚这一点：一份稳定的收入带给你的自信和安全感，是别人给不了的。

伊娃是我朋友的朋友，她的经历，朋友两年前曾跟我说过，虽时隔已久，但仍记忆犹新。

伊娃十八岁时，已经是个容貌和身材都令人羡慕的姑娘。一个偶然的机会，她得到给《花花公子》杂志当模特的工作。

二十一岁那年，她与一个意大利男人相爱了，一年后为他生下一个儿子。可是，那个男人根本没打算跟她好好过日子，两人最终分道扬镳。

伊娃生了孩子，身材走样，模特也做不成了，只好带着几个月大的儿子回到荷兰，租了间小房子，独自照顾孩子。

伊娃靠着以前攒下的钱，省吃俭用过日子。她做得一手好菜，男邻居亚历山大是个足球运动员，每次闻到她家的饭菜香味，都垂涎欲滴。两人一合计，亚历山大就来她家搭伙了。每个月亚历山大付一定的费用，不出去比赛的时候，他就来她这儿吃饭。

两人的感情在一次次就餐中不断升温，亚历山大娶了伊娃，做了她孩子的继父。与此同时，亚历山大的足球事业蒸蒸日上，被英国曼彻斯特足球俱乐部聘用，伊娃也跟着他举家移居曼彻斯特。

他们一起度过了多年的幸福生活。在曼彻斯特，伊娃与亚历山大一共生育了三个女儿。这三个女儿，遗传了父母亲的优秀基因，一个比一个漂亮。

为了照顾儿女，伊娃成了全职家庭主妇，与社会脱了节。她的身材也愈发走样，完全没有了当初当模特的曲线。渐渐地，亚历山大回到家后，总是洗完澡倒头就睡，与伊娃的交流越来越少。

2014年春天，由于工作上的安排，亚历山大去中国出差了21天。回来后，伊娃热情地对他说："你走这么久，我都想死你了，你也有想我吗？"

亚历山大沉默了很久，才沉声说："对不起，我真的没有想你。"

晚上，两个人进行了一番长谈。

"我们都不要自欺欺人了。你也知道，我们完全没有共同话题了。我跟你说足球俱乐部的事情，你不想听，总是给我讲那些肥皂剧里的情节。我不知道你天天都在做什么。你看看你现在，松弛的脸，臃肿的身材，不热爱生活，对什么都提不起兴趣。我们继续生活在一起，已经没有任何意义了。离婚吧！"亚历山大说得很直接。

伊娃的心凉透了。这个男人当初那么温暖，愿意接受离异且带着孩子的她，如今却开始嫌弃她容颜不再、人老珠黄了。伊娃是爱这个男人的，她用三个女儿做盾，打出情感牌，可还是没有奏效。

伊娃只好同意离婚。由于两个人都不愿意搬出去，他们住着的两层公寓一人一层，厨房共用。

离婚后，偶尔还要在厨房里见到那个抛弃了自己的前夫，伊娃在这种尴尬的处境下，开始思考自己的人生路：是时候重新开始了，一定要振作起来。

可是，自己能做什么呢？当初因为做模特而放弃了上大学，现在不懂任何技术，英语又不是母语；年龄上自己完全处于劣势，吃青春饭的行业也做不了。伊娃自卑极了，觉得自己百无一用。

有一段时间，伊娃甚至想去咖啡馆打工。可是，好强的她，还是想做出点样子来，让那个决绝的男人看看。

她考虑了很久，决定去学习按摩。努力的伊娃，很快就掌握了推拿按摩的技术。她在前夫的足球俱乐部附近，开了一家按摩诊所，专门针对足球运动员和足球爱好者。由于她手艺精湛，诊所一开张生意就不错，而且势头越来越火爆。老顾客都成了固定会员，诊所每天门庭若市。后来顾客太多，伊娃趁势又开了两个分所，雇了十来个员工。

有一天，伊娃回荷兰办事，朋友约了她和我们一起去杜塞尔多夫吃韩餐，我才第一次见到她的真面目。

她画着淡妆，带着自信的笑容。我们坐在莱茵河畔的一个公园里，身后的阳光透过树枝，柔和地投影在她的脸上。

"现在在厨房里碰到亚历山大，我再也没有被抛弃的感觉了，因为我的自信有了支撑。我不搬家，是因为我习惯了生活在这座房子里，而不是像原来那样，因为我没有能力搬到其他地方。"她淡然地说，但一字一句都说得铿锵有力。

"你恨过亚历山大吗？"我问她。

"我不恨他。那个时候，我活得太颓废了。我不健身，没有自己的爱好，整天窝在家里，见识短浅。试想一下，哪个男人不希望自己的老婆仪态万千，有见识、有魄力呢？那个时候，我总是自怨自艾。后来走出家门，有了自己的事业和圈子，才知道过去的那个自己有多讨厌。"伊娃很坦诚地剖析自己。

"好多事情，并没有想象中那么难。如果我早点走出家庭，找一份工作，也许我跟他就不会走到今天这个境地。"伊娃有点遗憾地说。

如今，事业的成功让她找回了自信，让她觉得实现了自己的价值。其实，伊娃养育了4个孩子，于家庭、于社会，她早就实现了自己的价值——更大的社会价值。但是，在这个浮躁的世界中，人们看到的价值，往往是与金钱挂钩的；人们眼里的成功，也往往是与经济相关的。

我们幸运地生活在这个和平富足的社会，也不幸地生活在这个浮躁虚荣的社会。在这样的大环境下，一个姑娘，就要活成一支队伍。你要实现你的社会价值，最起码要有一份能给你带来稳定收入的工作。

好多男人，宝宝出生的时候，他信誓旦旦："你辞职照顾宝宝，我养得起家。"他还会甜言蜜语，说"老婆辛苦了"之类的话。

可是，天长日久，他的话就变成这样了："你天天在家，根本不知道我工作有多累。""我在公司的压力有多大，你明白吗？不像你，天天在家，做做饭，聊聊微信。""我工作累，你就不能多体谅体谅我吗？"

不管你照顾家、照顾宝宝有多辛苦，他还是感觉，是他一个人在付出，在赚钱养家，而你，总是花钱的那一个。

所以，姑娘啊，辞职有风险，当家庭主妇需谨慎。即使你们真的富甲一方，最好也还是找个兼职做一下。这样的好处是，既能保证你与社会不脱节，有自己的社交圈子，也能让你有一份能买得起礼物的零花钱。

试想：你用他的钱买礼物给他，还有浪漫吗？他还会感动吗？生活中，一点这样的小感动都没有，就像没有涟漪的湖面，感情也就渐渐如一潭死水了。

有人说，现代新女性标准是：上得了厅堂，下得了厨房；写得了代码，查得出异常；开得起好车，买得起新房。

别说，想想还挺有道理的。如果这些技能你都掌握了，你既能生存，又能活得优雅精彩，还怕被嫌弃吗？

"现在，我总喜欢跟年轻姑娘说：'找一份你喜欢的工作吧，而且不要轻易放弃你的工作。你永远不知道，一份工作在你生命里的作用。它让你自信，让你有归属感，让你不变成井底之蛙。'"伊娃最后说。

说得真好！伊娃的不幸遭遇是令人同情的，可她如今的人生信念值得每一个人尊重和学习。

你终将成为最好的自己

十一月底的布鲁塞尔，因发生了恐怖袭击事件而陷入慌乱中。但是在安妮的小屋里，一切静好。

太阳暖融融地洒在她白底红花的瑜伽垫子上，我看着她做着各式高难度动作，惊叹于她极佳的柔韧度。

安妮现在有了自己的小工作室，一周三天给人做美甲，两天教瑜伽。晚上的时间，她一般用来学法语或是健身，生活健康而充实。

我问安妮是不是从小就学舞蹈，否则怎么能如此轻松地劈"一字马"。她摇摇头告诉我，她只是在23岁那年学过钢管舞。

看到我惊呆的表情，安妮于是给我说了她的故事。原来这么阳光，这么安静的安妮，也有不堪回首的过去，也曾在夜晚把自己的心掏出来，缝缝补补再塞回去。

五年前的安妮，从一家专科学校毕业后，应聘到中国南方某重型卡车公司销售门市店做客服。

一天，一位平日里与安妮相处不错的大姐对她说："安妮啊，你看销售部罗部长怎么样？他对你似乎很有意思呢。男未婚女未嫁的，你要不要考虑一下啊？"

罗部长比安妮大八岁，长得膀大腰圆，人很和善，喜欢开玩笑。安妮对他是很敬佩的，年纪轻轻就坐到了部长的位子上。可是有一点安妮不太理解，这么优秀的男人，快三十了怎么还孑然一身呢？

安妮听了大姐的话，红了脸。谈恋爱这事，她还真是没有经验。初中的时候，由于她性格像男孩子，从来没有收到过情书。高中的时候，倒是有过一个一直对她死缠烂打的男孩，但是两人的关系就像哥们，除了一起骑车上下学，拉过手，看过电影，卿卿我我花前月下的事从来没有发生过。专科两年的时间，简直是弹指一挥间，安妮写了几篇课业报告，就毕业了。所以恋爱这块儿，安妮简直就是一张白纸，连初吻都还在。

大姐见安妮红着脸不说话，心里已经明白了几分。她拍拍安妮的手背："这事我来张罗，你就不用管了。"

周末，大姐在家做了一桌子好菜，只请了罗部长和安妮两个人。安妮那天穿了件碎花连衣裙，21岁的她就像夏天早晨草叶上滚动的露珠，清新可人。

安妮虽然喜欢脸红，但性格还是像初中时代一样爽快。她陪罗部长喝酒，推杯换盏之间，两个人都有些醉了。郎有情妾有意，大姐看在眼里，知道这事儿基本成了。

罗部长可不像安妮那样没心没肺的。他做事谨慎，有分寸，别看平时开起玩笑来没正经，工作起来却严肃得很。他嘱咐安妮不要把两人的恋爱关系说出去，否则以后工作不好开展。

半年以后，罗部长在公司附近租了一套精装修的两居室，里面种了很多盆安妮喜欢的绿萝。他还给安妮买了一只吉娃娃，于是安妮和他同居了。

大姐也对安妮和罗部长的恋爱关系守口如瓶。女人们在一起经常八卦要给安妮介绍对象，也有一些年轻的客户跟安妮玩暧昧，要她的手机号码，安妮总是红着脸说，自己已经有男朋友了。

第二年秋天，大姐被调到质检部门任科长，其他几个资格老一些的同事也调去了别的部门。

销售门市又招进来几个年轻姑娘，她们年龄比安妮差不多小两三岁，整天叽叽喳喳。安妮突然觉得自己老了。

罗部长的工作越来越忙，从原来的每周一两天不在家到现在的每周只有一两天在家。

安妮每天下了班，做个简单的饭菜，照顾照顾吉娃娃，偶尔给绿萝浇浇水，就没什么事可做了。她觉得，自己还没结婚，就过上了比结过婚的女人更单调的家庭生活。不过她倒也没有太纠结，心里有个人，日子过得平淡而踏实。

对于这个和自己同居的男人，安妮还是满意的。安妮爱他的沉稳和周到，爱他的幽默和健硕的体格。

安妮正好不喜欢叽叽歪歪地腻在一起，罗部长忙应酬的时候，她从来不电话、短信问个不停，这一点让罗部长很是满意，常常夸安妮懂事，善解人意。

一个下雨天，大家坐在办公室里闲聊："你们知道吗？罗部长最近跟新来的一个小姑娘走得很近，经常带她一起出差。这男人啊，只要有钱有势了，就不愁找不到女人。"

安妮听得脸都绿了，她想等罗部长回来问个清楚，可没想到没等回罗部长，却等来了阿艺。

阿艺就是那个新来的小姑娘，长得确实蛮漂亮的，但与安妮相比，少了几分女人的风韵。

原来，阿艺一直对罗部长投怀送抱，而罗部长总是欣然接受，只是从来不肯承认他们是男女朋友关系，更别提婚姻了。

阿艺经过多方打听，终于知道了安妮的存在。于是，年轻气盛的她冲进安妮的两居室，砸了个七零八碎，并警告安妮离罗部长远一点儿，否则让她吃不了兜着走。

安妮看着自己被连根拔起的绿萝和在墙角呜咽的吉娃娃，欲哭无泪。她给罗部长打电话，可对方手机一直处于无人接听的状态。

安妮并不想讨说法，她只是想听罗部长给她个解释。她给罗部长留了无数条语音留言，让他回个电话。

最后一条，她说："我只想知道你有没有认真过。我只要真相，然后就分手，保证不会纠缠你。"后来罗部长的手机给她回过来一次电话，却不是罗部长自己打的。

这之后，安妮觉得没脸再回去上班。她打电话给那位大姐，让大姐帮她把公司的东西拿回来。

大姐送东西过来的时候再三道歉，说自己原以为罗部长是个好男人，所以才会促成他和安妮的这桩美事，没想到他竟然是这种朝三暮四的坏男人。

安妮说："大姐，这不怪你，怪只怪我遇人不淑，没早点看出来狐狸有个尾巴。"

安妮把自己的故事讲到这里，我沉不住气了："你为什么不好意思回去上班？你本来是她正当的女朋友，却被外来者拆散，不好意思的应该是他们！"

安妮无可奈何地一笑："其实，我和那个阿艺都是受害者，我们俩都被罗部长玩弄了。"

我惊讶得下巴差点掉到了地上。

安妮告诉我，后来用罗部长的手机给她回电话的，是罗部长的妻子。她告诉安妮，他们在罗部长27岁的时候就结婚了，婚礼是在老家办的。罗部长从来不带她参加公司的活动，所以基本上没人知道他已婚的事。

安妮跟我说，那一刻，她听到了自己心碎的声音。

生活给了安妮一记响亮的耳光。她觉得自己像一个输得精光的赌徒，丢了工作，被骗了感情，用自己的纯洁之身陪了一个人渣两年，还稀里糊涂地当了第三者！

我问安妮当时是怎么从阴霾中走出来的。安妮说，她回了老家，过了几个月食之无味、夜夜失眠的日子。

"后来就想通了。在哪儿摔了一跤，总不能一直趴在跌倒的坑里不起来吧。生活还在继续，只是以后走路要小心点，不要再跌倒就好。"安妮语气清清淡淡。

其实，从跌倒的地方爬起来，并没有像安妮现在说的那么轻松。一场彻头彻尾的欺骗给一个刚刚23岁的女孩带来的伤害，远非几场酒醉、几场撕心裂肺的号哭就可以治愈的。

在老家的日子里，安妮先是蒙头大睡，整天精神恍惚，然后学会了抽烟，学会了喝酒，经常喝到凌晨脸色惨白才回家。她在酒后跟朋友哭诉自己的不幸遭遇，回家后却安静得像只猫，不管母亲和姐姐怎么关切地询问，她一个字也不说。

为了不让母亲担心，安妮收拾了行李，说是要去深圳打工。

原来，那个高中时对安妮以哥们相称的男同学，现在在深圳，职业是钢管舞教练。安妮感觉目前除了钢管舞，真的没有别的什么东西可以帮助她走过灰暗的日子，她需要强劲的节奏和火爆的热情来麻痹自己的心。

高中男同学和他女朋友在两人合租的一居室里给安妮隔出一个小隔间，安妮就算是在深圳有了个小窝。

接下来的几个月里，安妮闷头苦练钢管舞。她是那一批学员里年龄最大的，已过了练钢管舞的最佳时期，但她的运动和舞蹈天赋让人咂舌。结业以后，她不愿意去夜店表演，于是又去学了瑜伽。

半年以后，安妮拿到了瑜伽教练资格证。一个偶然的机会，她来到比利时，先是在别人的瑜伽培训机构任教，后来就有了自己的工作室。

安妮说，她不可一日无瑜伽。对她来说，瑜伽是生活的必需品，爱情则是奢侈品。找到了自己喜欢的职业，安妮渐渐走出了感情的阴影。

在一次聚会上，安妮认识了一个日本男孩文克。

文克是工科男，讲话总是不缓不慢的。他不善表达，对安妮的好感却是朋友们都知道的。然而，安妮拒绝了他，安妮说她需要时间疗伤。文克说，他可以等。

这一等，就等了三年。安妮忙着做美甲，忙着学法语，忙着练瑜伽，文克就远远地看着。

文克学会了用微信，以便了解安妮的动态。他不定期给她寄日本的化妆品，偶尔飞过来给她庆生，陪她过节。

文克从不催她，他说："等多久都可以。我永远在这儿，只要你肯为我转身。"

我问安妮打算把文克晾多久，安妮说她其实已经芳心暗许了。虽然他不高也不帅，但是像他这样对她好的人，这个世界上找不到第二个了。

我说："等你的结婚请柬哦。"

安妮红着脸说："那还早吧。圣诞节的时候先跟他表白下我接受他了。结婚不着急，现在的状态就挺好，我觉得目前的生活就是我最想要的。"

我眼前出现了一幕场景：大雪纷飞的圣诞节里，文克开心地抱起安妮在布鲁塞尔大广场转圈。

我不是眼光高，只是不愿将就

乳白色的落地窗帘向两边挽起，复古的窗帘扣像古代宫廷女子发簪上的素色饰花，精心打理过的园子里，几簇菊花开得正盛。

米歇尔蜷坐在窗前的藤椅上，大大的落地窗一尘不染，她的侧影映在玻璃窗上，透着几分典雅，几分文艺。

我故意用轻薄的眼神看着她姣好的面容，打趣说："我要是男人，早就把你收了。"

她莞尔一笑，自嘲说："还是你识货啊。"

米歇尔安静内敛，喜欢诗词。她与几个朋友一起开了家外贸公司，因为几年前她就已移民欧洲，正好负责欧洲这边的业务。

她工作不忙，闲暇时看看书，整理整理园子，偶尔与三五好友小聚，生活充满情调。

可是，这么好的一个女孩儿，已经35岁了，还在单身。

"你是不是眼光太高了啊，我知道你很优秀，可我们毕竟不再是18岁，不能太少女心。只要看着顺眼、处着舒服，差不多就嫁了吧。"我这个人，一向心直口快。

"我真不是眼光高，我只是不愿意勉强自己。总不能因为现在恨嫁，随便抓个人，然后我的余生就在将就中度过吧。"她还是那种不急不缓的语调，"房子我自己买，面包我自己挣，和我生活在一起的，起码应该是一个知冷知热聊得来的男人吧。"

"你决定来欧洲之前，处得挺好的那个，怎么分了呢？"女人在一块儿，总喜欢八卦。

"那个啊，他算是我唯一的真正意义上的男朋友，清华大学毕业的高才生，在北京有自己的公司。他有能力，人也有趣儿，他的朋友都是很有意思的人。

"说实话，我真的很喜欢他。他爱运动，讲话非常幽默，也挺会照顾人。不管什么场合，他都能收放自如。我甚至都想到了将来：我可以经常回去北京居住，他也可以来荷兰投资。以他们公司的资质，办个投资移民是很容易的事。

"从认识到在一起，我们相处了大约有三年。开始还好，可是后来我渐渐发现，他纯粹就是那种不需要家的人。家对他来说，就是个摆设，他经常醒来发现自己睡在宾馆，然后四处打电话问同事，知不知道他的车停在哪儿了。他甚至还让我去接过他两次，一次在宾馆，一次在洗浴中心。他过得就是那种纸醉金迷的生活，已经习惯了跟客户喝酒、唱歌然后桑拿的日子。出去应酬的时候，他就忘了我的存在。

"这完全不是我想要的生活。我要的是两个人出双入对、双宿双飞，吃饭唱歌可以，但前提是两个人在一起。如果找了他这样的，那我的生活跟现在有什么不同？大部分时间都是一个人，还要担心他有没有喝醉，有没有酒驾，挂念他晚上又睡在了哪里。这样的生活，不是我要的。"

我理解地点点头。那种在生意场上纵横驰骋总是忘了家的男人，不是我等小女人需要的。我们对钱没有太多欲望，我们看中的，是两个人在一起的时光，是一个温馨的小家。

"你上次见的那个，开酒吧的，怎么样？"我知道她前不久相过亲，朋友给她介绍了一个年龄相仿的荷兰人。

"他长得是挺帅，其实我第一眼对他印象挺好的。我们坐在一个角落里，有一搭没一搭地聊天，气氛也算融洽。后来有一个客人抱怨，说要的是鸡尾酒蓝色多瑙河，可是味道跟平常大不一样。他走过去端起来闻了闻，就走回吧台大发雷霆，原来是新来的小哥错用龙舌兰代替了朗姆酒。他当着那么多客人的面，把新来的小哥骂得狗血淋头。他说：'像你这样不长脑子的人，我店里的招牌都会被你砸了的。这里的客人都是有品位的，你调错了酒，人家都能尝出来；你以为都像你，没见识，什么酒都一个味儿啊。'"米歇尔愤愤地说，"讲话这么刻薄的男人，火气这么大，我才不想下半辈子都跟他吵着过呢。"

　　她起身给我泡了壶上好的菊花茶。透明的细腰玻璃壶，绿色的茶叶和白色的菊花一起纠缠着，舒展着。

　　"其实，我还是想找一个中国男人，毕竟文化差异方面的问题要小很多。我上次回国，父母给我预约了两个相亲对象，可惜，一个也没成。"米歇尔带着调侃的语气给我讲了她回国相亲的故事。

　　"第一个相亲对象是某银行经理。我在网上看到许多姑娘说，有的男方为省钱，见面约在麦当劳或肯德基，一杯饮料就把你打发了。你知道那家伙约我在哪儿见面吗？军事博物馆！我开始还以为他可能是喜欢飞机、坦克之类的，后来听我一个在北京的闺密说，什么啊，现在军博每周一周二免费开放，不要门票！我真是服了。不过我当时还抱着希望，也许对方是个很会持家的男人呢，正好和我这个生活小资的家伙中和一下。

　　"我们在博物馆里逛了两圈。我提议说，还是出去吧，也没什么看的了。那家伙居然说，我们再走一圈吧，外面太热，这里有空调，凉快。

"我肚子都饿得开始叫了。我想说，外面的咖啡馆、饭店，哪儿没有空调啊。您这是打算一分钱不花，就把亲给相了吧。勤俭节约固然好，可是，我不要兜里揣着钱却饿着肚子的生活。

"我跟他说，那您慢慢逛着吧，我去吃东西啦！然后我直接去了附近一家东坡酒楼，点了一份东坡肘子和一盘辣子鸡，一个人呼啦呼啦吃下去，才消了消气儿。"

我真的有些搞不懂，按理说，在银行工作，也不至于这么穷啊。米歇尔说，有些人，不是穷，只是他们的消费理念与我们不同。他们不愿意在不相干的人身上花一分钱，也不会享受生活。这种人，一般不健身，不旅游，不去电影院。

"这种人真的不是我喜欢的类型。生活不必奢侈，但至少要丰富一点、精致一点。像国内那种团购的演出券和餐券，真的很便宜了。周末也可以约驴友出去走走。花钱其实不多，起码是一种休闲和享受。即使买房贷着款，也不能太苦了自己啊。可是有些人，会把每一分钱都省下来，过着比苦行僧还苦的日子。"

我赞同。消费观念如此不同的两个人，注定是走不到一起的，否则，生活中真的是充满了凑合。

"见面的第二个男的，比我大7岁，经营着家族企业。不管我们去哪里，在那么炎热的夏天，他的衬衫都扣得紧紧的。人倒是挺好，彬彬有礼，也体贴入微。出去一会儿冰激凌，一会儿西点，一会儿咖啡，吃饭的时候都是我想吃什么就带我吃什么，出手也大方。可是，我就想知道，大热天的一直穿长袖衬衫是怎么回事儿？我问他为什么不穿T恤或是短袖，人家就插科打诨地说，穿长袖衬衫显得正式，是对我的尊重。我猜他是不是有烫伤或是烧伤的疤，其实我真的不在意的。

"虽然我觉得别扭，但还是跟他保持着联系，因为他其他方面还不错。我们约着出去玩了八九次，一起去他家做过饭，可他从来不带我见他的朋友。

"我把他的情况跟我父母说了，让我父母托人打听一下是怎么回事。后来终于弄明白了。原来，这个男的年轻时和一个女的爱得死去活来，为了表达爱意，加上一时冲动，他在自己胳膊上文上了'某某（男方姓名）永远爱某某（女方姓名）'这几个字。不过，由于家人反对，他最终还是和那个女的分手了。虽然文身可以通过一些方式洗掉，但他文的那几个字依然留下了痕迹，能辨识出来。正因为这样，不管多热的天，他相亲时都坚持穿长袖衬衫，也不带相亲对象见他的朋友，担心朋友说破这件事。对我来说，他文身的事即使有点极端，也可以谅解，但是他和他的父母一直欺瞒我，就让我难以容忍了。我不想在他身上浪费时间，发短信给他，说不再继续相处。他只给我回了三个字：对不起。我们从此再没联系过。"

我悠悠地说："怪人还真多，还都让你给碰上了。"

米歇尔站起来，做了几个瑜伽动作活动了一下，问我："听了这些，你还觉得是我眼光高吗？"

我苦笑着摇了摇头，说："你只是运气不好，碰到的都是不合适的人。再等等吧，幸福迟早会来的，说不定转角就能遇到那个对的人。"

"我不着急。"米歇尔说，"一个人也能活得很精彩。我不是那种没有男人就不行的女人。做我想做的事，去我想去的地方，见我想见的人。我有更多的时间可以自由支配，下个月我打算去学插花，我还想学油画、学肚皮舞。总之，我有一大堆想做的事。爱情也好，婚姻也罢，都随缘吧。强求不了，我也不想强求。"

"有人约我，我会去赴约；有人介绍，感兴趣的我也会去相亲。但是，这些不会影响了我生活的节奏。男人，宁缺毋滥。我的眼光不高，但我的品位也不会轻易降低。因为我不想将就。"

是啊，我们只活一辈子，何苦为了世俗勉强自己？更何况，一个人，也可以绚烂地开放。

不管爱上谁，都别忘了爱自己

四年未见萘萝，去年春节，总算有时间约她一起庆祝。

面黄肌瘦的她吓了我一大跳。

那个知性典雅的萘萝哪儿去了？

萘萝和老公伯格是在北京工作的时候认识的。

当时，伯格被荷兰公司派到中国分公司做技术培训，每年大概有三个月在中国工作。

作为公司里唯一的翻译，每次外出吃饭或唱歌，萘萝总要作陪。但她性格内向，不喜欢说话。

有一次，萘萝太累，上车就睡着了，醒来才发现，自己竟然靠在伯格的肩膀上。而伯格为了不弄醒她，一路上也没有变换姿势，直到目的地。

莽萝不好意思地致歉，伯格幽默回答，这是他的荣幸。

她对他的好感，就这样开了头。

文静内敛的女孩，总是更深情。一旦动了心，往往不计较后果，不多想未来。

作为翻译，莽萝跟伯格的接触颇为频繁，加上两人对彼此都有好感，事件的发展轨迹，以莽萝主动表白结束。

这一年伯格在北京的几个月里，是他和莽萝最幸福的时光。年末，莽萝办了手续，去了伯格的家乡。

没办酒席，没度蜜月，没拍婚纱照。但莽萝不在乎这些，她要的，是眼前这个男人的爱。她想与他朝朝暮暮在一起，其他的，都不重要。伯格比莽萝大了十岁，还是个离异人士，但他处事成熟，细心体贴。对于单纯的莽萝来说，这就够了。

可日子，没有那么简单。

"那时候，每次你们喊我聚会的时候，我都婉言谢绝。因为，我没钱出去吃饭。自己不挣钱，每个月公交卡30欧元，一学期的学费和书费都要老公出，我不好意思再跟他要零花钱了。"

"你不要，他应该主动给的啊。刚过来的时候没有收入，当然得靠他一段时间啊。"我为她叫屈。

"我总想着，算了，他也不容易。我跟你们情况不同。我老公是离过婚的，他前妻没工作，所以他现在每个月得拿出一半工资，给前妻和两个孩子当生活费。剩下的那点钱，只够维持我们的日常生活。"她平静地说。

真是个善良的姑娘，总在替他着想。

"他是个节省的人，自己也省吃俭用。冬天里，我想要一管护手霜，他竟然说，让我用炒菜的油抹一抹手，还说护手霜的成分其实跟油的成分没多大区别。"她苦笑。

真是打破我的认知了。这哪是三十几岁男人的观念，分明是百岁老人的观念。

"虽然他生活里比较俭省，但他每年都给我买回国的机票。我就想着，可能是我们的思想观念有点不同吧。都是小事，也就不去计较了。"

我不想给萘萝添堵，也就没再说什么了。

"我刚过来的时候，挺幸福的。他下班，我放学，我们一起做饭。端午节我教他包粽子，中秋节我们一起用模具做月饼。我觉得，这就是我想要的生活。"

但后来，情况有了些变化。

伯格跟父母、兄弟住得很近，大家相互串个门，是很正常的事。荼蘼也是知识分子，自然懂得礼仪，也尊重他们的文化。

但是，无论荼蘼怎么努力，她始终无法融入伯格的大家庭。别说融入了，他们压根就排挤她。

"他们经常当我不存在。除非我主动跟他们打招呼，他们才勉强跟我问个好。平时聊天，从来没人主动跟我搭话。"荼蘼为此很受伤。

"有一次聚会，一个朋友问我在这儿适应不适应。伯格的妈妈冷笑了下，说：'她肯定适应得很啊，不然早就回中国去了。'"

"他们也太欺负人了！"我愤愤不平。

"这些我都能忍。伯格也劝我别放在心上，说他们是老一辈的思想。"

"你要让伯格站出来替你说话啊。他应该有担当地告诉家人：'荼蘼是我选择的爱人。作为家人，你们支持我，就应该接纳她。'"如果是我，我肯定会这么做的。如果他连这一点都做不到，不懂得为我营造好一点的生活氛围，我怎么能相信他可以照顾我一辈子。

"你不了解伯格。他比较沉默，不喜欢表达观点。何况他说的也对，跟我过日子的是他，不是他的家人。这些我都能忍，选择了一个男人，也就选择了他所有的问题，要接受生活中不完满的地方。"荼蘼真是通情达理。

"可是，有一点，我真的忍不下去了。"荼蘼轻轻地说。

"最让我受不了的是，我们每隔一个礼拜，就要去他前妻家看孩子。每次看着他们俩跟孩子一块说笑，我就觉得，自己是完全多余的那个人。"荼蘼咬了咬嘴唇，我似乎能看到她痛苦纠结的内心。

"我能理解。你们去的是他前妻的家，你本来就会不自在。你不能不去吗？"我想得很简单，不喜欢的事，不去做就好了。

荼蘼苦笑："作为后妈，看孩子是我分内的事。我说不去，他说我要积极融入，跟孩子培养感情。"

"不过，他希望你去，也是好的迹象，起码说明他跟前妻已经没有任何暧昧关系。"我开导她。

"目前为止，这一点我还很放心。起码，他对他前妻没有复合的愿望，他毕竟是爱我的。但他前妻怎么想的，我就不知道了。她没有工作，现在也是靠他生活的。这也是我跟着他去看他前妻的缘由之一。好多事情，说不准啊。"

我明白了荼蘼的苦衷。

"那你让两个孩子周末来你们家不行吗？这样，孩子看了，感情培养了，你也不用委屈自己去他前妻家了。"我给她出主意。

"试了这个办法。但他前妻也会过来，她说，平时孩子都在学校，没时间相处，周末要跟孩子多交流。她过来更烦人，会对我们的生活指手画脚。我把家具移动了位置，她就会说，干吗啊，原来那样摆多好啊。"

"你直接说：'这儿已经不是你的家了。我的家我做主，用不着你说三道四。'"我怒从心头起。

"我真的说不出口。这话应该由伯格来说，可他就是不作声。"萘萝叹了口气。

我觉得这简直不可理喻："真不知道你经历了这么多。恕我直言，这样的日子，你还打算过下去吗？"

"我想过离婚，回中国去。可我舍不得他。不管日子多憋屈、多压抑，都没有比失去他更让我觉得可怕。我再坚持坚持吧。"

这个眼里只有爱情的姑娘，真是让人又心疼又无语。

"你已经失去了自己。好的爱情，不应该心里只有对方。你也要多爱自己一点。"我也帮不了她太多，只是嘱咐她，有什么事尽管联系我。

萘萝后来并没有联系我。她就是这样一个姑娘，什么困难都自己扛。

直到最近，接到萘萝的电话，我开车过去的时候，她还在门口的小公园里跑步。她肤色不错，嘴唇因为运动的关系格外红润。这与去年春节见到的她，判若两人。

她抱了抱我，还是那样温柔沉静。

"我要感谢你，是你改变了我的生活。"她眼里有光亮在闪烁。

我有点诧异，我什么也没有做啊！

"这一年半来，发生了很多事情。"荽萝跟我娓娓道来，"你去年春节跟我说，我爱得失去了自己。回荷兰以后，我想了很久。确实，我总是忍辱负重，总觉得自己不重要，只要能跟他在一起就行。我委屈着自己，一个人偷偷地哭过无数回，在他面前却强颜欢笑。"

"你说得对，自从来了这边，我没有了自我。在北京的家里，我也是父母捧在手心里的宝。在这边遭受的一切，我从来不敢跟父母说。我把他放在第一位，把他的感受放在第一位。但这不是公平的爱情啊，他为什么不注重我的感受呢？"

左思右想后，荽萝决定跟伯格摊牌。她跟他讲了她所有的委屈以及她的想法。

她让伯格给她买一张回中国的机票。她说，我不是要跟你分手，我只是希望你能够正确处理好这一切。

"我爱你，但我也要好好爱自己。"

荽萝回北京后，找了一份给签证中心做文本翻译的兼职。她报了个肚皮舞班，有空就去上课，偶尔也联系下伯格，把跳舞和美食的图片分享给他。

六个月后，伯格来北京接荞萝回去。他跟她保证，他的家人不会再对她冷嘲热讽；他们不用去他前妻家，他前妻也不会再来打扰他们。

"他的家人终于知道，我不是在中国过不下去，非要赖在他们家。更重要的是，他们现在明白，不是我离不开伯格，是他离不开我——其实，我也离不开他。天知道那几个月我在北京有多想他。"荞萝为自己的"小心机"高兴。

"现在，孩子们每两周过来待一天，我再也不用见他前妻了。我还在学语言，打算年底去考翻译证。心情好了，我也愿意出来跑步健身了。过去的几年，我都懒得出门，不愿意见人。"

我真心替荞萝高兴。与她告别后，我只想对大家说：姑娘，不管爱上了谁，都别忘了爱自己。只有你爱自己，别人才会在乎你。

心底住着太阳的姑娘

贝丝在中国台湾上学读书的时候，有很多男孩追她。可是贝丝觉得，她一定要找一个跟别人都不一样的男孩。他应该有着长长的手指，笑容像阳光一样灿烂。

一直到大四的那个周末黄昏，她遇见了他。天，他简直就是她心目中希望的样子！

晚风摇着学校食堂边白杨树的树梢，哟哟的声音像是恋人的低语。他坐在一架黑木钢琴前，长长的手指间流淌出优美的音乐。钢琴旁边放着他的礼帽，里面是大大小小的硬币。

音乐学院的学生经常做这样的事，他们称之为"表演艺术"。不在乎收获多少钱，有人打赏就说明自己的表演受到喜欢。

贝丝听得呆住了，这是她最喜欢的曲子《蓝色的爱》。一曲结束，她情不自禁地鼓掌，打开钱包，先是拿了五六个1元的硬币，犹豫了一下，又放回去，抽了张100元的纸币，放进他的礼帽里。

他抬起头冲她一笑。那笑容，似乎能驱走世间所有的忧愁。他马上又开始弹奏下一曲，这次是一首D大调卡农。他的手指飞快地移动，眼睛却定定地看着贝丝。

那个夏季的黄昏，钢琴声频繁回响在食堂门口鹅卵石铺就的小路边。那个喜欢穿白裙子的女孩，也总是在固定时间经过这里。他看她的裙角飞扬，她听他的琴声缭绕。

后来某天，一曲《献给爱丽丝》之后，他告诉她，他叫李辰，还要了她的联系方式；再后来，一曲《梦中的婚礼》，她接受了他的表白。

贝丝毕业的时候，李辰刚大四。她原本计划毕业以后申请去英国读研，哥哥在英国，彼此也好有个照应。但为了李辰，她放弃了读研计划。她在台北找了份还算不错的工作，租了个小屋。

学音乐，是很烧钱的专业。李辰家虽然经济状况良好，却也没有多余的钱让他铺张。贝丝心疼李辰经常写歌写到很晚，就在下班以后，匆匆忙忙去超市买了菜，回来炖上鸽子汤，给他补身体。月底如果有结余，她就带李辰出去改善生活。

从一个被父母照顾的乖乖女，直接过渡到照顾别人的角色，加上工作的辛劳，贝丝很快瘦了一圈。可当李辰搂过她的腰，心疼地说"辛苦你了"时，贝丝觉得，一切都是值得的。

贝丝最喜欢的花，是向日葵。她常常买一大把，养在他们逼仄的阳台上。"向日葵阳光明亮，坦坦荡荡，有着属于自己的独特魅力。它绽放的，是对梦想、对生活的热爱。"贝丝说。

李辰于是称她为"向日葵姑娘"。

毕业前，李辰表示，他也想去英国留学。可是，父母只能拿出学费，至于生活费用，得全靠自己去挣。

看着李辰失望的眼神，贝丝心疼了："你这么想去，我们一起争取。你的生活费，我们一起挣，应该没问题。大不了，周末我们去做行为艺术。"

下定决心以后，李辰便专攻英语。他的英语底子很差，贝丝舍不得给他压力，让他用一年的时间做准备。

这一年里，贝丝仍然一边工作一边照顾李辰。她舍不得给自己买身好些的衣服，却愿意花钱给李辰买钢琴或英语的CD。即使因为加班而深夜才回家，她也要下厨给李辰做个夜宵。

李辰要做家务，贝丝总是拦住他，让他专心复习。

"跟着我，让你受了这么多苦。"李辰在贝丝口气清新的唇上轻轻吻了一下。

贝丝扬起灿烂笑颜："以后就好了呀。以后换你照顾我。"

贝丝想要一个不一样的男孩，她给他的，也注定不一样。爱了，就心甘情愿与他一起吃苦，尽自己所能给他提供帮助。

"我要给你一世安稳。"李辰常常搂着贝丝，在她耳边轻柔地说。他说话的时候，气息吹动她的发丝，贝丝心里甜甜的。

李辰也很努力。一年以后，两人顺利去了英国。

交了学费，李辰口袋里所剩无几。贝丝一个人的生活费两个人用，很快就捉襟见肘。他们租住在离学校很远的地方，靠近郊区，这样房租便宜很多。

贝丝让哥哥给她找了个兼职——在一家咖啡馆做小时工。李辰打不了工，因为他一到学校，就和同学组建了一个乐队。他们需要排练，需要巡演。偶尔也会挣点小钱，但跟英国高额的生活费比，这点小钱简直可以忽略不计。

每每看到贝丝打完工，拖着疲倦的身子回到出租房，李辰就愧疚极了："和你认识到现在，我一直是你的负担。等有一天，我像钢琴家郎朗一样站在了世界的舞台上，一定要给你最好的生活，我的向日葵姑娘。"

贝丝笑着说他傻："向日葵代表着勇敢地去追求自己想要的幸福。你追求你心目中的幸福：成功；我追求我的小幸福：陪伴你。我们都像向日葵一样去生活。"

她之所以可以这么苦撑，是因为她爱他。她并不那么热切地希望李辰成名，只要两个人在一起甜甜蜜蜜的，就够了。

贝丝用自己打工的收入，加上父母给的生活费，维持着她跟李辰两个人的生活。日子倒是维持下来了，可惜，由于她把时间和精力过多得花在了打工上，论文没有通过，李辰毕业的时候，她得再读一年。

她并没有觉得委屈，她只觉得支持李辰追梦，是件有意义的事。有时候，连她自己都不敢相信，自己是这么一个无私的人。

爱一个人，智商都变低了，这话一点儿也不错。

李辰留学期间的收获很大。他们组建的乐队，有了很多场演出的经验。毕业的时候，他有两个机会，一个是留在英国当钢琴师，老板是毕业不久的学长；一个是中国台湾某音乐公司，他们愿意包装他，并夸下海口，有机会让他成为"第二个李云迪"。

贝丝自然想让他留下来。她并不指望他大红大紫，最重要的是朝夕相处的时光。但李辰倾向回台湾，若有一天能像郎朗、李云迪那样，站在万众瞩目的表演台上，想想都激动。

不想成名的钢琴演奏家，不是一个好的钢琴师。李辰说。第一次，两个人大吵了一架。

李辰还是决定回台湾。临走之前，他给贝丝发了一张照片。照片上是贝丝无数次驻足观望的一条纯白婚纱，售价4999英镑。

"等我功成名就的那一天，我亲手给你穿上这件婚纱。"

一年的时间并不长，但一年里足够发生很多事情。

那家公司，并没有怎么包装李辰，他们只是借他一个英国名校留学的名头。李辰渐渐心灰意冷，正跟贝丝商量，想要重新回英国闯荡的时候，又一个"机会"摆在面前：一个体态丰腴的富婆愿意资助他。

李辰在对贝丝的愧疚中，灌醉过自己几次，最后还是接受了富婆的资助。他太希望自己能有所成了。在他的心目中，贝丝重要，但一切，都没有自己的音乐梦重要。

"最后叫你一次，我的向日葵女孩。李辰今生，欠你一条婚纱……"李辰不如遗憾地说。

"可惜，你不懂向日葵沉默的爱；可惜，你没有做到阳光向上，永不低头。"贝丝心痛到抽搐。

她一直寻找的那个跟别人不一样的男孩，竟然也堕入了尘世的庸俗。

她并不为自己这么多年的付出感到不值："他给过我真情，这就值得了。遗憾的是，他最终还是给了我失望。"

向日葵看不到太阳也会开放，生活看不到希望也要坚持。贝丝并没有沉沦，伤心过后，她依然相信爱情。

是啊。心若向阳，何惧悲伤？

把每一天都活成自己想要的样子

伊芳倚在教室的门框边，一头栗色微卷的长发，白衬衫的衣角简简单单地在腰部打了个结，下身是一条及踝的孔雀尾花纹长裙。她小巧精致，皮肤是好看的小麦色。

我在学校的走廊里见过她几次，一度以为她是泰国人。

直到那天，她静静地听着我们聊天，缓缓地问了一句："你们都是中国人？"

对我来说，伊芳有一股特殊的魔力。在我的一众朋友中，我与她最晚相识，关系反而是最好的。她说话总是和风细雨，却有种让人信服的力量；她不逢迎，不虚伪，凡事都有自己的观点，可她的言语从不会伤害到别人。

其实，她根本就不是表面那种小鸟依人的样子。她独立坚强，对生活充满了热爱。

"我要把每一天，都活成自己想要的样子。我们的幸福，要靠自己去成全。"她对我这样说过。

她是这么说的，也是这么做的。她工作出色，利用周末学油画和摄影，每个假期出游，买自己喜欢的奢侈品。时尚、气质、品位、能力、多金，她一样也不缺。

飘着雪粒的一月底，我捂上厚厚的羽绒服，用帽子和围巾武装起来，只露出鼻孔和眼睛；伊芳呢，浅咖色的羊绒大衣配一条巴宝莉同色系格子围巾，冬日里依旧清新亮丽。

她说："我从来不穿羽绒服，显得体态臃肿，羽绒服怎么穿也穿不出风衣的飘逸。荷兰并没有那么冷，一般都在0℃以上，看到下雪就穿那么多，其实是心理作用。"

"你那么美，说什么都是对的。"我半开玩笑地说，她冲我莞尔一笑。

我们在一家颇有情调的咖啡厅坐定，要了两杯卡布奇诺。她握着咖啡杯，微微侧着身，目光看定咖啡上面用奶油画出的心形图案。咖啡的热气在她眼前蒸腾，她的眼里有泪雾在氤氲。

"我并不像你们想象中那样一帆风顺。认识我的人都说：'你好幸运，毕业了就找到一份在大学教书的工作，来荷兰不到两年，又进了这家享誉世界的公司。'其实，我在求学和感情方面，曾经都很坎坷。"伊芳喝了一小口咖啡，嘴边沾了点奶油。她优雅地用纸巾蘸了蘸唇角，开始给我讲她的故事。

伊芳是"80后"，来自中国东北某省会城市，父亲是大学教授，家庭条件较优越。高二的时候，去哪儿上大学，是让他们头疼的问题。伊芳想去英国留学，可是父亲说："学费没问题，我帮你出，但是今后的生活费，我每个月没办法给你那么多，你可能要自己想想办法。"

伊芳咬了咬牙，答应下来。她想，在大街上做行为艺术，或是去餐馆刷盘子，别人可以做到的，我为什么不行。

伊芳如愿被自己中意的那所英国大学录取，可惜没有奖学金。拿人民币换英镑，转眼就少了个零。

入学刚刚两个星期，她就不得不利用周末时间在一家中国餐馆洗盘子，赚取生活费。

老板娘是个精明的女人，长得如花似玉，可对待打工的学生却毫不手软。洗碗工的工资是日结，按小时计算，老板娘说的是"四舍五入"，但总也没有"入"过，每次几个小时后面的零头，都被无端抹去。反正不缺这种洗碗工，老板娘心里拎得清，你不愿意干，自然有别人干。

本科的学业很重，伊芳学的又是比较难的工程系，平时抽不出时间，只能在周末打工。一周下来，天天连轴转，她觉得自己的骨头都变得硬邦邦的。

在国内，伊芳天天过着大小姐的生活，来到了英国，不仅受苦受累，还得看老板娘的脸色，听她的训斥。

可是，伊芳连哭的时间都没有。许多个夜晚，当伊芳终于能爬上床睡觉的时候，她还没来得及怨天尤人，就已经进入了睡梦中。她真的太累了。

下一个周末，她一边在心里痛恨着克扣她辛苦钱的老板娘，一边还是得乖乖回去上班。

父亲给的生活费，加上她周末打工的钱，刚刚够她交房租和吃饭。如果她一周不做兼职，就会入不敷出。

可是，伊芳从来没有跟父母说过自己的困境，她不想让父母担心，因为她知道，父母为了支持她的留学梦，已经尽力了。

幸运的是，后来，她认识了好多朋友，他们把她介绍到一家当地人开的咖啡馆里做收银员，虽然也很辛苦，但收入和工作环境都比过去要好很多。更重要的是，她再也不用看老板娘那张浓妆艳抹的"太后脸"了，而且不会被克扣工资。

伊芳在大学里认识了另一个专业的同乡秦淮。秦淮是典型的中国帅哥，阳光干净，让人如沐春风的那种。

伊芳不知道什么时候，就陷进了秦淮的温柔乡里。两个人出双入对，浓情蜜意。

不过，秦淮完全不像伊芳那样过得苦兮兮的，他是不需要打工的，他的周末都是聚会和郊游，弹弹吉他唱唱歌，岁月风情万种。

伊芳不愿意接受他的资助。"我们只是恋爱，不是结婚。我要靠自己去生活。"伊芳对他说。

秦淮明白这个小巧的姑娘有着自己的骄傲和韧劲儿，也不勉强她。于是，伊芳继续周末打工，秦淮继续周末风花雪月。但是两个人的感情，一点儿也没有变得淡薄。为了不影响伊芳打工，他们把约会的日子定在每周三。

女为悦己者容。自从有了秦淮，伊芳开始注意穿衣搭配，为了省钱，她买了卷梳，自己研究怎么整出自然又别致的发型。

秦淮的衣服，都相当有品位，伊芳无意模仿，但也不能太差，她不愿意他俩走在一起时，让别人产生她配不上他的感觉。

伊芳对自己的相貌不太满意，她总觉得自己眼睛太小，睫毛太短，单眼皮显不出眼睛的深邃。一个大胆的计划在她心里酝酿而生：去韩国整容。

伊芳省吃俭用了一年，又接了给教授家小孩儿教汉语的差事，终于省出了这笔费用。她跟谁也没说，找了个理由只身去了韩国，她想给秦淮一个惊喜。

伊芳在韩国开了眼角，割了双眼皮，种了睫毛。当她再次出现在秦淮面前时，秦淮惊呆了。

"我会支持你的。但你应该告诉我，让我陪你一起去啊。万一有什么事，你一个人怎么办。"秦淮嗔怪说。他喜欢她有主见，敢想敢做，也支持她达成自己的理想。

"都是小手术，没关系的。人家想以一个全新的形象出现在你面前嘛。看看，你喜欢这样的我吗？"伊芳撒娇说。

秦淮认真地看了看她，严肃地说："傻瓜，你本来就很美啊。你的眼睛根本不小，还有，你的脸型很好看，你知道吗？你的身材很魔鬼、很惹火，你知道吗？"他说着，气息粗重起来，把她抱在了怀里。

秦淮说他想去北欧读研，因为他一直很喜欢北欧风光。

伊芳在心里说，又是一个高消费国家。但她没有说出来，她憋了一股劲儿：在英国三年都活过来了，北欧一年的研究生时光难道还捱不过来吗？

她果断跟秦淮一起申请了挪威的一所大学，一起就读，一起毕业。为了秦淮，伊芳做什么都不觉得辛苦，何况，她也是一个愿意体验不同生活的人。

终于毕业了，伊芳进了家乡省会的一所大学当老师。她吃住在家，父母说："你终于熬出来了，你的工资随便挥霍。"

伊芳也不客气，爱美的她，对衣服、鞋子、包都没有抵抗力。每周寥寥几节课之外，她的任务，就是打扮得美美的，聚会、逛街、陪父母。

秦淮也回到了这座城市，他在自己家的公司上班。他买好了婚房，两人紧锣密鼓地开始筹备婚礼。伊芳从学生里挑好了伴娘和伴郎，和秦淮一起订好了举行婚礼的饭店，连放在饭店门口新娘和新郎大大的婚纱照也打印好了。他搂着她的腰，深情地看着她的眼睛；她小巧的个子依偎在他身前，巧笑倩兮。

可是，就在举行婚礼的前三天，秦淮失踪了。

逃婚，这个电视剧里才有的桥段，真实地发生在伊芳身上。她只觉得一阵眩晕，赶紧摸索着坐下。她无数遍拨打秦淮的手机，无人接听。秦淮的父母也不知道他在哪里，但是他们看起来好像并不太着急。好强的伊芳想不明白，秦淮为什么可以这样丢下她，丢下他们几年的感情。她想要一个解释，可是她根本找不到秦淮。

　　几个月后，她跟学生们一块儿喝酒，烂醉后打车直接去了她和秦淮曾经的新房。她看到新房里有灯光，可是她的钥匙怎么也打不开房门的锁。她疯狂地按门铃，门没有开，里面的灯光却灭了。

　　"秦淮，你个混蛋，你欠我一个解释！你给我出来！"她骂着骂着，趴在路边哭了起来。她狠狠地将粉色的挎包往门上砸去，挎包却被门前的月季花丛挂住了。

　　一个路过的荷兰建筑师扶起了她，按她说的地址半拖半拽把她送回了家。粉色的挎包孤零零地遗落在花丛里。

　　这个荷兰建筑师罗杰，后来成了伊芳的丈夫。一年后，她和他办了结婚手续，决定来荷兰定居。

　　得知她已结婚，秦淮现身了。他约了个地方，给她叫了一杯卡布奇诺。他把那个粉色的挎包还给她，祝福她开始新的生活。

　　"你还是欠我一个解释。"伊芳固执地说。

　　"理由还重要吗？一切都已过去了。"他沉声说。

　　"当然重要！我有权利知道真相！"伊芳有些激动，她提高了声音，眼泪喷涌而出。

　　"我父母知道了你整容的事……是我对不起你……"秦淮站起身先走了，留给她一个好看的背影。

伊芳突然觉得，一切都释然了。她拼尽一切爱了许多年的男人，只是一个懦夫，他不敢违背父母。或者说，这一切只是他给自己找的借口，其实他已经不爱她了。不管真相是怎样的，伊芳觉得，真的都不重要了。

"当初我那么快嫁给罗杰，一方面是因为他真的是个好人，另一方面是因为我想逃离。我没办法生活在有秦淮的城市，想到他，我连呼吸都痛。"伊芳的咖啡已经凉了，我重新给她叫了一杯热巧克力奶。她像刚才一样，用双手握住热乎乎的杯子，似乎这样才有能量继续说下去。

"来荷兰以后，我只给自己一年的时间学语言。你们课间聊天的时候，我基本上都在学习。我想早一点找到工作，充实起来，这样才能快乐起来。我现在的这份工作，大家都羡慕。但是你们知道吗，没搬家之前的几个月，我每天早上六点就要起床，洗脸化妆后坐六点半的火车，八点半到海牙。下车后，还要走路二十分钟才到公司。每天晚上都是八点多才能到家，这还是不加班的情况。而且你也知道，荷兰的火车，不是罢工就是停运，三天两头出状况。好几次都晚上十点了，我还在火车站等罗杰来接我。每次有奇怪的人经过，我都胆战心惊。有一次罗杰不在家，我一段路一段路地坐公交车迂回前进，晚上十一点多才折腾到家……"

是啊，我们羡慕别人的时候，没有看到别人背后的艰辛。其实，谁都不容易。

"现在好了，你们搬到了公司附近，你的工作也调整到了你喜欢的岗位。"我说。

伊芳用短短一年时间，就从开始的行政岗换到了技术岗，工资翻了一番。我对她不是羡慕，是佩服。

我知道她为了那一场新年联欢，经历过多少个无眠夜，最终成功地举办了一场璀璨夺目的晚会。

晚会上的每一个细节，从红酒的选用到音响效果的检查，她都亲力亲为。我也能想象到，在这一年里，她除了做好行政工作之外，又用了多少精力去学技术上的东西。

每一个人成功的背后都少不了汗水和努力。在世界任何地方，这句话都是真理。

"你跟罗杰感情还好吧？"我见过罗杰几次，特别老实的一个男人，只是他有点不修边幅，跟走高雅路线的伊芳站在一起，有种不太般配的感觉。

"我跟他，是先结婚后恋爱。我正在慢慢爱上他。我们还处在磨合期，他很努力，对我非常体贴，重要的是，他给我足够的尊重。当初选择太过匆忙，好在运气不错，碰到了一个靠谱的人。"
她喝完了热巧克力奶，我们站了起来。

伊芳手里拿的，是德尔沃新出的一款玫红色手包，与她的浅咖
色羊绒大衣搭配在一起，低调而奢华。

在火车站跟她挥手告别时，我由衷地说："希望能早点再相聚，
因为我喜欢见到美好的你。"

不瘦下来，没有未来

难得在九月里还有26℃的好天气，我和先生约了几个朋友，去瓦肯斯德徒步旅行。那是一大片荒原一样的地方，开满了紫色的小花，让我不禁想起小说《摆渡人》里面的场景。

小路曲曲折折，蜿蜒向远方。转过一小片灌木林，蓦地听见歌声。循着声音望去，一个瘦高的女子，耳朵上戴着耳机，正跟着音乐的节拍，在小径上忘我地边歌边舞。

她的节奏感非常好，身体在律动中彰显着激情与活力。看见我们，她挥挥右手打招呼，并没有停止摆动，一长串美丽的音符次第飘过来。

阳光融融的天气里，一个女孩，一辆自行车，一副耳机，一首歌，一支舞，多么简单的美好。

我夸张地伸出两个大拇指回应她，实在是欣赏她这种生活态度。

115

也许是因为我积极的反馈，女孩停下动作，扯出耳机。

我吩咐先生跟朋友去不远处的湖泊拍天鹅，随即和女孩席地而坐，从她刚才的舞蹈聊了起来。

女孩名叫瓦妮莎，她刚才跳的是爵士舞。此外，她还会桑巴、恰恰和钢管舞。

让我惊讶的是，她并不是因为喜欢才去学这些舞蹈的，而是为了减肥。

"小时候的我，不算胖，脸圆圆的，有点婴儿肥。大家都觉得我很可爱，我自己也从来没有被胖困扰过。后来上了中学，我认识了很多朋友，经常一起出去玩。每到周末，我们就在外面放飞自我，通宵看电影，吃油炸食品。

"那时候过得真的超级开心。可是，一切的放纵，都要付出代价，我的体重迅速飙升。父母告诫我，让我控制饮食，我根本听不进去。我喜欢和朋友们相处的时光，跟他们一起，不吃垃圾食品是不可能的。

"中学4年级那年暑假，我跟朋友们结伴去西班牙。金色的沙滩，蓝色的大海，我们开心地穿上比基尼，摆出各种姿势，拍了很多照片。等看到照片的那一刻，我整个人都呆住了：这个浑身肥肉的家伙是我吗？比基尼穿在身上，勒出一道道沟，一坨坨肥肉堆在腰间，简直令人生厌。

"再看看我的脸，那张脸并不丑，靓丽阳光。可是我的身材，简直跟个胖大妈没什么两样。完全没有曲线，没有青春的痕迹。可那一年，我才16岁啊。就在那一刻，我决定改变。因为我不能接受自己这个样子，我要像其他女孩那样，曲线玲珑，穿上比基尼，凹凸有致。"

我看看她现在的身材，不敢相信她曾有过那么夸张的身型。她看出了我眼里的困惑，笑着说："我最重的时候93公斤，你想象一下吧。"她的身高，大概在一米七五左右，93公斤，确实是个胖妞。

"那你是怎么瘦下来的呢？我认识很多人，一辈子都在减肥，但一直没有成功。"我很好奇。

"运动、节食。最重要的，是坚持。"

原来，自从六年前看到自己的比基尼照片，瓦妮莎真的震惊了。16岁，正是花季少女最美好的年龄，可她从自己的照片上，看不到任何美感。

她发誓要把体重减下来，无论付出什么代价。为了不让自己有退路，她在照片墙（一款社交应用软件）上发布了自己的近照，让网上的朋友们监督她。她每天都打卡报道，每隔一周，就发布一张最新的照片。

她不再与以前那群朋友出去玩，不再碰油炸食品。下课后，她简单地吃个沙拉就去健身房。没有钱请私人教练，她就从网上搜瘦身的帖子，严格按照帖子上的步骤，一丝不苟地进行训练。

"开始的两周，真的痛苦死了。常常饿得半夜醒来睡不着。锻炼完，肌肉酸疼，去上学的时候，都没法跨上自行车。不过，最难熬的半个月过去，后面稍微好一些了。"瓦妮莎说，"习惯养成阶段，最不容易。

"这样坚持了大概两个月，收效甚微，只瘦下来3公斤，照片上基本看不出来。我决定去找营养师，针对我的肥胖原因，以及我现在的运动量，给我拟一份食谱。专业的到底不一样，我按照营养师的食谱吃了半年，严格控制卡路里的摄取，半年后瘦了15公斤。

"以前，我在体育课上连400米短跑都不及格。锻炼了六个月以后，我可以轻松跑10千米。"瓦妮莎语气里满是自豪。

"我的营养师说，这样控制下去就可以了。以我的身高，只要减到75公斤，就不算太胖。一次减去太多，反而不健康。可是，我拍了一张身穿比基尼的照片，发布到照片墙上后，大家都说'再瘦10公斤，就是模特身材了'。大家热情鼓励我再试一试，这也正好是我想做的——我就是想挑战一下极限。"

这个时候，瓦妮莎已经在照片墙上有了很多粉丝。她每天晒自己的早、中、晚餐，健身时的挥汗如雨，还有自己一点点瘦下来的照片，激励了一大帮想要瘦身的女孩。

罗斯是一位私人健身教练，她自告奋勇，要帮瓦妮莎更上一层楼，再瘦10公斤。这10公斤，比前面减掉18公斤难得太多。瓦妮莎和罗斯，一起努力了整整一年零两个月。

瓦妮莎中学毕业的时候，穿了件露背的小礼服去参加毕业典礼。那时候她65公斤，是她最好的体重记录。

"冒昧地问一下，你现在多重？"

"69公斤。这个体重，我保持了将近4年。"她坦诚地告诉我。

原来，大学开学以后，学习负担加重，瓦妮莎明显觉得力不从心。她本来就不是特别喜欢坐在教室学习的人，加上担心少了锻炼的时间，体重会反弹，竟因此一度抑郁。

事实证明，瓦妮莎的担心不是多余的。在大学里才几个月的时间，她的体重就从65公斤反弹到70公斤。

这个时候，瓦妮莎下定决心要继续减肥，并考了营养师执照，做起了帮助别人减肥的导师。

"我有自己的亲身经验，加上我在照片墙上有好几万粉丝，完全不用担心没有客户。"她自信满满地说。

"我的体重一直保持在69公斤，我对自己也比较满意了。健身有些枯燥，我又去学了爵士舞和恰恰。后来，我家附近的健身房新加了钢管舞课程，一接触，我就爱上了这种舞蹈。现在，我也是那所健身房的兼职教练。"

"真好。你现在做的工作，既是你的兴趣，又能帮助别人。"我由衷地说。

"对！关键是这份工作，能让我保持身材和健康。"

有所得必有所失。瓦妮莎说，她现在仍然很怀念中学时代和那群女孩一起玩闹的幸福时光。

"现在我的朋友不多，都是非常严格要求自己的人。我们一起外出，会互相监督对方食物的卡路里。对于我这种易肥胖人群，这样的朋友，才是真的朋友吧。"可以看出，瓦妮莎是一个爱玩爱闹的女孩，可是，人生本就是一个取舍的过程。

我说："相比较来说，你还是收获比失去多得多。"

"那是自然。瘦下来以后的感觉简直太好了，整个人都轻盈了。如果我还是93公斤，能跳钢管舞吗？现在，我喜欢的事都可以去做，美妙极了。"

"而且，中学时代从来没有男孩子喜欢我。如今呢，我去健身房，经常有男生主动跟我搭讪。"她嘻嘻笑了，"说真的，不瘦下来，人生没有希望。"

我本来还想问问她，我这种身材，做什么运动比较合适。可是，先生和朋友已经拍完照回来了，我只好拍拍屁股上的草屑，站起身来，匆匆和她告别。

后来，我时不时就想起她在小路上边唱边跳的样子。

那么多汗水，换来了她的生活和她的未来，她一定比我们更懂得享受这晴日，这光景。

二十几岁，你也可以改变世界

谁能想到，现年28岁的多依纳竟然是五十多个尼泊尔儿童的妈妈。她的故事，既让人惊叹，又令人动容。

2006年，19岁的多依纳从新泽西某高中毕业，她觉得自己还没准备好进入大学。于是决定先旅行，再规划今后的人生之路。

背上一个简单的背包，多依纳出发了。

在印度东北部，多依纳得到了在一所难民营做志愿者的机会。一起做义工的阿姨跟她说，难民营里的这些孤儿，绝大多数都来自尼泊尔。连年的内战加上疾病和贫穷，造就了尼泊尔大约100万无家可归的孤儿。他们迫于生活，历尽艰辛越过边境来到印度。

多依纳这才知道有一个国家叫尼泊尔，她决定到那里看看。

经过两天长途汽车的颠簸，然后再步行几天，多依纳来到了喜马拉雅山下一个名叫苏尔凯德的村子。沿途见到的，除了贫穷，更让多依纳震撼的是，即使好多妇女、孩子不得不依靠自己生活，他们也从未放弃希望。

孩子们明澈的眼睛、温暖的笑容感动了多依纳，妇女们的热情开朗让多依纳深深地爱上了这个国家。

在这个穷乡僻壤的小村子里，有一条将要完全干涸的小河。一个八九岁的小女孩在河床上捡石头，然后把这些石头砸碎成小石子，傍晚的时候卖出去。从早工作到晚，一天大约可以挣1美元。她用这1美元，养活自己的弟弟、妹妹和母亲。

每次多依纳从那儿经过，小女孩都会抬头笑着跟她打招呼，她用清脆的嗓音向多依纳问好。小女孩的衣服和脸都脏兮兮的，但是有一双亮亮的仿佛会说话的眼睛。

多依纳抱起她，心里想着：如果这个小女孩可以上学读书，她将来的人生会是什么样子呢？

多依纳一直认为，每个人都应该有过上幸福生活的权利。她去找当地的社区领导，问能不能让这个小女孩上学。

社区领导很和善，他说："我们也希望每一个孩子都能受到教育，但问题是，我们负担不起他们的费用。"

多依纳毫不犹豫地说："我可以每天给她的家庭1美元，赞助她上学。"

多依纳给小女孩买了文具和书本，就这样，她用自己的微薄之力把第一个孩子送进了学堂。

多依纳多么希望自己能多做点什么。她打电话给远在新泽西的父母，让他们把自己攒下的5000美元寄过来。那是多依纳从十二三岁到高中毕业，给邻居照顾孩子挣下的全部积蓄。

多依纳庆幸自己有伟大的父母。他们听了孩子的计划，没有勒令她马上回来读书，而是非常支持她的决定。他们说："孩子，你有改变世界的梦想，就去努力吧。我们为你感到骄傲。"

多依纳用这5000美元，买了一块很小的地皮。她与当地的志愿者一起，花了两年时间，盖起来一栋房子。她给它取名为花芽谷孩童之家。房间里连床都没有，但至少，孩子可以不用睡在露天的野地里了。她收留了四个孩子，夜晚，大家在地板上铺上旧衣服，和衣而睡。她多么想把这几个孩子也送进学校，可是，她已经身无分文了。

为了让这些孩子获得更多的帮助，多依纳回到了故乡新泽西，她去自己就读过的学校以及所在的社区，给他们讲尼泊尔的故事。

她给他们讲她做过的微不足道的小事，以及她希望能为那儿的孩子再做些什么。令多依纳感动的是，她得到了所有人的支持。

两个月后，多依纳带着两万美元捐款，回到了苏尔凯德。她给花芽谷孩童之家添置了必要的设施，虽然还是很简朴，但孩子们终于可以睡在木板床上，也有了一些生活的必需品。

收养这件事，是会上瘾的。多依纳说，从开始的4个，到10个，再到20个，到今天为止，她一共收养了51个孩子。

"如果我在18岁的时候，你跟我说：'多依纳，你会是51个孩子的妈妈。'我会说：'你疯了吗？怎么可能！'但是现在，我很享受与我的这些孩子共处的时光。每一个孩子加入进来，就会自觉地分担家务。大家一起做饭，一起刷碗。"多依纳完全不掩饰自己的自豪，她把这个大家庭管理得井井有条。

多依纳与孩子们同吃同住，他们连电都没有，更别说电视和电脑了，他们的娱乐活动就是运动和游戏。

随着多依纳的孩童之家的壮大，他们接到了社会各界的资助。

2010年，多依纳用省吃俭用下来的钱建成了花芽谷学校，学校里还有医院和食堂。到目前为止，已经有350个学生在花芽谷学校就读。

在多依纳的51个孩子之中，最大的16岁，最小的才1岁半。1岁半的拉维，是多依纳的全部。

拉维在当地的语言中是"阳光"的意思。当多依纳见到拉维的时候，他才几个月，经历过几次手术，全身都是管子。

没有人敢要这个孩子，因为他与死神只有一步之遥。多依纳把他带回孤儿院，悉心照料。

半年的时间里，多依纳与他寸步不离。即使在记者去采访她的时候，拉维也总是在她的臂弯里。拉维看起来恢复得很好，没有了病痛的折磨，笑起来也真的像阳光一样。

那个当年吸引多依纳留在这里的砸石头的小女孩，如今已经18岁了。在多依纳的资助下，她一直学业优秀。

她希望自己能成为一名外科医生，将来回到家乡，给那些需要的人免费做手术。她还希望自己能成为和多依纳一样的人，为这里无家可归的孩子奉献一生。

每个孩子过生日的时候，都会得到一个小蛋糕，但没有人期望得到生日礼物。对于这些原本就吃不饱的孤儿来说，蛋糕已经是非常奢侈的了。

过生日的孩子可以指定其他孩子表演节目。51个孩子，平均下来每周都有人过生日。大家乐此不疲，每个孩子的生日，都是一个热闹的聚会，因为这些孩子在学校那些志愿者教师的指导下，个个能歌善舞。

多依纳没有惊人的外表，她很普通，却不平凡。她用大爱，诠释了"我们也可以改变世界"这句话。

在最困难的时候，多依纳曾经夜不能寐：尽管他们尽量自力更生，把每一分钱掰成两瓣来用，还是无法维持孩子们的温饱。多依纳哭过、愁过、一筹莫展过，但她从没想过放弃。

她暖暖地笑着说，她也希望能有个志同道合的男友，和她一起做这个充满希望的事业。可是，有哪个男人，愿意和一个有51个孩子的妈妈约会呢？

没有男友也没关系，看到孩子们的笑脸，听到他们叫自己"妈妈"，那种幸福，即使一辈子一个人，也足以支撑她坚持下去。

九年的坚持，让这个有很多孤儿的村子一片祥和。提到多依纳，当地村民不管男女老少都竖起大拇指："她是个很好的姑娘，我们都非常爱她。"

九年的坚持，让濒临饿死的孩子，在多依纳的努力下，可以吃饱穿暖；让无家可归的孩子，在多依纳这里，找到了家的温暖；让无法上学的孩子，在多依纳没日没夜的操劳中，改写了自己的人生。多依纳给了他们最需要的，那就是：爱。

有多少人能想象到，从19岁到28岁，一个发达国家的女孩，把自己最宝贵的青春奉献给了尼泊尔的孤儿们。当同龄人逛街、化妆、约会、看电影、打游戏的时候，她在那个连电灯都没有的喜马拉雅山下的村庄里，抚养着她的51个孩子……

大爱无疆。只要你愿意，你也可以像多依纳一样，改变世界。

第三章

○

你可以先放声哭泣，再继续勇敢

若爱情还在，你可以回来

在荷兰南部，有一座小而美的城市叫丹波斯市，玛格丽特就是在这儿出生长大的。

高中时期的玛格丽特已经出落得亭亭玉立，稳居校花宝座。虽然她性格沉静，但身边一直不乏追求者。

在这情窦初开的年纪，玛格丽特相继谈了三次恋爱，每一次都以她主动提出分手而告终。

多年以后，回忆起这几段感情，玛格丽特说："一切都很自然。那时太年轻，真的不懂什么是爱。觉得谁有意思，就跟谁在一起。觉得没意思了，就果断甩掉，从没想过会对他们造成伤害。

"可是，我对他们的伤害和背叛，老天用另一个人，另一种方式还了回来。只有你深爱的人，才可以将你伤得五脏俱焚。"玛格丽特抬眼看了看烟灰色的天空，垂下眼睑，一字一顿地说。

玛格丽特的爱情终结者名叫马里，法国人，是一位词曲作者。

那个夏天，玛格丽特刚刚18周岁。她毕业旅游，去的是巴黎。大家在凡尔赛宫前面拍照，嘻嘻哈哈，像一群林子里的小鸟。

马里坐在凡尔赛宫前面的木椅上，百无聊赖地看着鸽子在穿梭的人流里觅食。他今天没有灵感，于是出来透透气。

缘分这东西，总是这么奇妙。在一群人里，他一眼就看到了玛格丽特。对他来说，她就像是一块磁铁，迫使他不由自主地跟了过去。搭讪本就是马里的强项，何况这个女孩简直就是他理想中女友的样子。

玛格丽特回到荷兰后没几天，就收到了马里写来的信：

"我以为我知道什么是美，其实我根本不知道，直到遇见你。你的美那么纯净，闪耀着圣洁的光芒。我住在离凡尔赛宫不远的地方，我家门前有一个美丽的湖。散步的时候，我仿佛在湖面看到了你的倒影。我想和你在一起！我要和你在一起！如果我以后的生活里没有你，那活着还有什么意义？答应我吧！我会好好爱你！"

之后的几天，玛格丽特又收到了马里寄来的明信片和几封书信，每一封都情真意切，感人肺腑。

玛格丽特对马里也相当有好感。他的帅气，他的成熟，还有他一封接一封火辣的情书，让玛格丽特春心萌动。

他们约在凡尔赛宫门口的喷泉处见面。

两天的相处，说不尽的美好。马里身上散发的艺术气质，让玛格丽特不能自已。临走前，马里送给玛格丽特一本英文版的《小王子》作为礼物。

这段感情发生后，玛格丽特想去法国上大学。她跟父母商量，父母却不看好他们。

玛格丽特是家里的幺女，成绩一直很好。在荷兰，申请一所一流的大学，对她来说轻而易举。

可是两周后，马里出现在玛格丽特家门口，胯下是一辆哈雷摩托。与他一起的，还有一个骑着雅马哈摩托的同伴。

尽管不情愿，玛格丽特的父母还是把两位小伙子让进家门。经过一晚上的交流考察，玛格丽特的父母觉得马里其实还不错。第二天，玛格丽特坐上马里的摩托车，去了巴黎。

玛格丽特在巴黎上大学期间，马里一直对她照顾有加。两个人各有各的圈子，但彼此都是对方感情的归属。玛格丽特的追求者一如既往地多，但她的心里，始终只有马里一人。

玛格丽特大学毕业后，成为一名空中医生——紧急救护的直升机随队医生。这种工作强度大，工作时间不固定，连续48小时不能休息的情况经常会有。

有一次，玛格丽特两天两夜没合过眼，最后累得昏倒在地上。但她从不抱怨，因为她喜欢这份工作，喜欢那种被人需要的感觉。她说，一种工作可以救人性命，这就是最有意义的。马里虽然心疼她，但也尊重她的选择。

"工作中的玛格丽特，不仅仅是美女，更是坚毅果敢有决断的医生。她拼尽力气救人的样子，简直像一个天使。"马里骄傲地说。

玛格丽特工作两年后，他们走进了婚姻的殿堂。然后，一对宝贝儿女出生。玛格丽特照旧忙碌在工作岗位上，顾不上家。直到她28岁那年，一阵剧烈的背疼，让她直不起腰来。

她不得不休假治疗。一切慢下来的时候，她才注意到，自己给马里、给一对儿女的关爱太少。生病了，她才有时间思考，什么对她最重要。她决定注意自己的健康问题，多给家人陪伴。

可是，一切都晚了。就在这段时间里，她发现了一些不寻常：马里有了别的女人。马里承认，他和那个女人已经交往一年多了。那个女人是他工作室的同事，也是搞音乐的。

这简直是一个致命的打击。自从认识马里，玛格丽特就把心交了出去。他们一起走过了人生最美好的时光，一起孕育了一对儿

133

女，如今，竟然是这样的结局。

"心碎，就在一瞬间。崩溃的感觉袭遍全身，忽然不知道自己该往哪儿走，该干什么。"玛格丽特后来回忆说。

她默默地收拾衣物。

她知道自己也有责任，她为这个家付出得太少。跟自己生活在一起的男人有一年多的婚外情，她竟然浑然不知。

她最后看了一眼这个生活了10年的地方，掩上了门。

哀莫大于心死。关上门的时候，她对马里只有失望。

玛格丽特带着一双儿女，在孩子学校附近租了一套公寓。马里偶尔会过来带孩子们出去玩，但玛格丽特总是避而不见。

幸运的是，她的背恢复得不错，又能重返工作岗位了。不过现在，她不再只顾及工作，虽然她依然热爱这份工作，但她必须照顾好自己，照顾好孩子。

2015年暑假，一个很久不联系的大学女同学约玛格丽特在凡尔赛宫门口的喷泉下见面，玛格丽特如约前去。多年未见，两人寒暄叙旧。一辆摩托车呼啸着，戛然停在她们身边。

马里手里拿着那本已经有些泛黄的《小王子》，请求玛格丽特再给他一次机会。

"道歉什么的，我就不说了。我走过错路，如果你肯给我一个机会，今后看我的表现吧。"马里带着他一贯的文艺青年的自信。

玛格丽特犹豫了一下，答应了。

大学同学轻轻揽了揽玛格丽特的肩膀，说自己也是受马里之托，问她要不要考虑一下再回答。

玛格丽特还是那么沉静："我是一名空中医生，每天都看到那么多事故发生。人这一生，谁也不知道意外和明天哪个先来。他是我两个孩子的父亲，只要他真心愿意回来，我何苦拒他于门外。何况我心里，也还没有住进别人。"

玛格丽特接过马里递过来的《小王子》，轻轻拂了拂书面的灰尘。

"从今天起，一切重新开始。"她看向马里。她棕色的眸子，还跟少女时期一样澄澈。

等 待 ， 是 最 长 情 的 告 白

刚来荷兰那阵，我跟所有的新移民一样，看到中国人就忙不迭地跑过去搭讪。

有一天，我遇见一个样子很像中国人的姑娘，想也没想就用中文叽里咕噜地跟她说了一大通。可是，她微笑着一脸无辜地用英文回答我："对不起，我不会说中文。"

我有些尴尬，但她热情地跟我聊了起来。

后来，我们成了好朋友。她叫索菲娅，在一次次相约喝咖啡的时光中，她的故事透过咖啡氤氲的香气渐渐清晰起来。

索菲娅姓陈，四岁就跟随父母从香港来到荷兰，她的父母在荷兰中部某城市开了五家连锁餐馆，生意极为红火。

高中二年级那年，学校需要一个美术人体模特儿，索菲娅瞒着父母报了名。具有东方神韵的面孔、婀娜的曲线、修长的身形，让

索菲娅从众多报名者中脱颖而出。

学美术的一共15人，其中一个男孩长得不算帅气，眼神却很温暖。每一次下课，他都默默地等在门口，等索菲娅穿好了衣服，拎着包离开，他才关上灯、锁好门离去。

两人渐渐有了默契。后来的日子，学生们画完画，索菲娅就坐到他吱嘎吱嘎的自行车后座上，顺路回家。

男孩叫卢卡斯，住在离索菲娅家两个街区以外的地方。坐在他身后，索菲娅觉得温暖又安全。

他们会在周三下午去看画展，周五晚上去看一场夜场电影。天气好的周末，他们相约去市中心广场喂鸽子。

那一年多的时光，充满了青春惬意的味道，单纯而美好。

中学时代结束得比想象中匆忙，索菲娅去了荷兰最好的大学读法律，而卢卡斯就在家乡小城的一家专科学校学绘画。他们从天天见面变成了周末情侣，感情却比过去更炙热。

某个周末黄昏，西方的天空被夕阳染成了橘红色，旁边的云像一只巨大的鲸鱼张着血盆大口。

卢卡斯将单车扔在路边，拉着索菲娅的手在街角的小店买了两个脆皮甜筒冰激凌。两个人嘻嘻哈哈地笑着闹着，在冷风中吃着冰激凌，看着落日渐渐没入地平线。

忽然，一辆崭新的宝马车一个急刹，停在他们面前。索菲娅一抬头，就看到了父亲那张慈祥的脸。他打开副驾驶的门，让她坐上来。索菲娅一边跟卢卡斯挥手告别，一边在父亲的脸上"吧嗒"亲了一下。

父亲温和地问索菲娅，那个男孩是不是她的男朋友。索菲娅害羞地点点头："算是吧，我从来没有跟别的男孩单独外出过。"想了想，她赶紧又撒娇地补充了一句："不过爸爸，我跟他还是很单纯的关系哦，你别想多了。"

父亲哈哈一笑："你老爸我也年轻过，学生时期的感情最纯真了，放心，老爸不会反对你谈恋爱的。"

索菲娅感激地看着自己开明的老爸，凑过去在父亲的脸上"吧嗒"又是一口。

可是第二个周末，索菲娅刚一到家，父亲就脸色严肃地找她谈话了："那个卢卡斯，你知道他家的情况吗？他爸爸是建筑工人，妈妈在超市做兼职。他们家穷一点没关系，可是他居然学画画。上不了大学也没关系，好好的学个厨师啊、理发师啊什么的，将来也还可以养家。可是他居然学画画。你见过几个学画画的成就了？将来他拿什么养活你，我怎么能放心把你交给他？"

索菲娅有些缓不过来神来，从小到大父亲都和颜悦色地跟自己对话，从来没有这么严肃过。

她喏喏地说："可是我不需要他养活啊。我大学毕业养自己足够了……"

父亲打断她的话："可是你还要养他，你想过吗？梵·高你知道吧？他这样的大画家都穷困潦倒一生！我不想看着自己的女儿辛苦地赚钱养自己，还要养一个不能自食其力的男人。"

父亲越说越激动，最后丢下一句话摔门而出："反正这样的男孩子不行！你早点跟他分分清楚！"

索菲娅有些蒙了。一边是自己情投意合的暖心男友，一边是含辛茹苦把自己捧在手心里的父亲。

手机特别提示音响起。卢卡斯发来信息："亲爱的索菲娅，我在老地方等你。"

索菲娅忐忑极了，她知道卢卡斯说的"老地方"是离父亲一家餐馆不远的半月桥。她怕被父亲撞见，引得父亲大发雷霆。但她更心疼卢卡斯等不到自己而焦急。她顾不得换衣服，飞奔跑去赴约。

可是，出乎索菲娅意料的是，她看见两个熟悉的身影站在半月桥上，父亲和卢卡斯。父亲挥舞着胳膊说着什么，卢卡斯直愣愣地站着，茫然地看着父亲。

索菲娅快步冲上半月桥，还没来得及说话，就被父亲大手一揽，扔进了宝马车里。宝马车轰鸣着离去，留下卢卡斯一人站在桥上，仿佛还没弄明白刚刚发生了什么。

索菲娅又气又急。她从来没见父亲这么粗鲁过，一向乖巧的她吓坏了。她不知道父亲用他那半生不熟的荷兰语跟卢卡斯说了些什么。他担心卢卡斯受不了打击，因为只有她才知道，好脾气的卢卡斯骨子里充斥着强烈的自尊。

被父亲锁进了小房间里的索菲娅，赶紧给卢卡斯发短信："亲爱的卢卡斯，你别担心，我会慢慢劝说我爸爸的。相信我！"

几分钟后，卢卡斯回过来一条信息："你父亲说，让我不要再纠缠你，他说我配不上你。可是我不这样认为。两个相爱的人，就是平等的。为什么要用经济来衡量，用将来的职业来衡量呢？难道这是你们中国的文化吗？"

索菲娅突然放心了，她很开心卢卡斯没有中国人门当户对的观念，这样他就不会因为觉得自己配不上她而放弃。

他们用短信聊了很久，坚信只要两人相爱就能在一起，索菲娅在泪眼婆娑中睡着了。

没有在一起的周末格外漫长。接下来的周三，卢卡斯忍不住坐上火车去了索菲娅大学所在的城市。他给索菲娅发了一条短信："亲爱的索菲娅，我在你们学校东门前边的长桥上。今天我把所有我画的你都带来送给你，我画得越来越好，那是因为你在我心里越来越美。"

可是，卢卡斯等了整整两小时，从太阳落山等到华灯初上，也没有见到索菲娅的影子。他一遍遍地打电话，无人接听。

卢卡斯忽然心灰意冷。她到底还是听信了她父亲的话，不会再见我了。他在心里想。

站在长桥上，看着身边走过的一对对手挽手的情侣，卢卡斯气馁了。他将手中的画扬手扔进了河里，仿佛也扔掉了所有的爱恋。

可是就在这时，他远远地看见索菲娅朝自己跑过来，一边跑一边挥手。原来索菲娅一直在图书馆准备学期论文，手机调成静音，刚刚才看到卢卡斯的短信和多个未接来电。

卢卡斯一头扎进冰冷的河水里——他的索菲娅还在，他要把那些画捞回来。他一边手忙脚乱地去抓飘在水上的画，一边露出头来对着索菲娅傻笑。

那一夜，他们把自己完完全全地交给了对方。尽管两个人毛手毛脚毫无经验，索菲娅还是能感觉到自己像一朵盛开的郁金香，在卢卡斯的浇灌下尽情地绽放。他们拥抱着取暖，说着只有他们才懂的情话。

黎明时分，卢卡斯要赶回学校上课。情意绵绵地吻别之后，卢卡斯跳上了早班火车。索菲娅还沉浸在昨夜的兴奋之中，一边哼着歌一边走路回学校。可是，不幸却在此刻发生了。

在那条充斥着酒气的街道上，索菲娅被强暴了。脖子被抓伤，眼睛被拳头擂成青紫，衣不蔽体的她绝望地报了警。

父亲从警察局把索菲娅带回家，紧接着就把她送去了西班牙。他给她换了手机号码，因为他不想让任何人打扰他的女儿。他恨死了卢卡斯。他固执地认为，如果没有卢卡斯存在，女儿就不会受到伤害；如果卢卡斯那天没有跑去女儿所在的大学，女儿还是安全地待在校园里。他告诉警察，卢卡斯是犯罪嫌疑人。

当警察把卢卡斯带走的时候，卢卡斯的父亲正在给邻居的房子铺瓦。心神不定的他从房子上摔了下来，摔断了一条腿。

卢卡斯待在警察局里，心被绝望啃噬着。他无法原谅自己，他恨自己没有护送索菲娅回学校，以至于她蒙受身体和精神的双重伤害。在她最需要自己的时候，自己又不明不白地背上强奸的罪名。

他恨自己不能替父母分担，反而让这个本就贫困的家风雨飘摇。

处于崩溃边缘的卢卡斯痛定思痛，决心担起男人的责任来。他要照顾这个家，他要帮索菲娅走出阴影，给她一个幸福的未来。他恳求警察带他去见索菲娅的父亲。

他一遍遍地对索菲娅的父亲说："你明明知道我不是强奸了你女儿的人，我跟她是真心相爱的。就算你恨我，也不能把这笔账算在我的头上，而让真正的凶手逍遥法外啊！"他反复劝说，直到索菲娅的父亲心软，最终撤销对他的指控。

卢卡斯回到家里，打算子承父业做建筑工人贴补家用。母亲坚决反对，她拿出多年的积蓄，要求卢卡斯完成学业。

直到卢卡斯毕业，他也没有联系上索菲娅。她就像从这个世界消失了一样。卢卡斯一趟一趟去求索菲娅的父亲，可他就是不肯告诉卢卡斯关于索菲娅的去向和联系方式。

无奈之下，卢卡斯把全部精力用于创作，他的每一幅画都与索菲娅有关：《天堂鸟》《我们的城堡》《曾经》《生命里的女人》《地平线上的精灵》……每一幅画的右下角都写着：给索菲娅。

一年以后，卢卡斯开了个规模不小的画展。画展的名字叫《等待，是最长情的告白——致索菲娅》。

宾客到齐之后，卢卡斯致辞。他端着鸡尾酒走向红毯中央，突然，酒杯落地——他在人群中看到了索菲娅。她还是那么楚楚动人，只是眼角多了几分沧桑。他看着她的眼睛，对众宾客说："主角到了。"

他们拥吻在一起，热泪盈眶。"我就知道你总有一天会回来的。"卢卡斯喃喃地说。

如今卢卡斯和索菲娅幸福地生活在一起，还有了一对龙凤胎宝贝。卢卡斯没有名声大噪，但他有自己的工作室，画卖得不错，足够养家。索菲娅打算等宝宝上幼儿园后，重新申请那所大学的法律专业。

我问索菲娅为什么那么久不跟卢卡斯联系，她的眼里掠过一丝灰暗。她说被强暴真不是一时半会儿能缓过来的，那时候最难面对的就是自己的爱人。曾经有一段时间，她希望永远不再回荷兰这个伤心之地，即使她在这儿有那么多美好的回忆。

幸好，她挺过来了。她曾经绝望过，但心中的爱情之花从未凋谢过。

因为我们是一家人

戴安娜坐在咖啡吧里等我，她面容清秀，眼神温和，波波头，齐刘海，与我想象中健身教练的样子差别很大。

这是我第一次见她。简单寒暄了几句，她递给我一个U盘："我所有与中国有关的资料都在这儿了，这里面有我爸妈去中国领养我时的缴费凭证，我小时候的照片以及当时孤儿院给开的证明。拜托你了。"

戴安娜是跟我学中文的乔恩的女朋友。乔恩是正宗的比利时人，他学中文，是为了帮女朋友实现愿望：找到她的亲生父母。意外的是，戴安娜自己一句汉语也不会说，并且对汉语很抵触。

我立即打开笔记本电脑，插上U盘，浏览了一遍戴安娜提供的资料。

"这里面的信息太少，我估计很难找到你的亲生父母，不过我们可以试一试。万一找不到，你也不要太失望。"我看完后，直截了当地对她说。

我心里真是没底：我能依靠的，只有湖南某电视节目的一个记者。而这个记者，还是乔恩托我帮忙以后，辗转通过长沙的朋友帮忙打听，才联系上的。

"我明白。"她垂下眼睑，咬了咬嘴唇，旋即又抬起头来，冲我一笑，表示理解。

"可以问一下吗？你为什么想找你的亲生父母呢？"我知道这个问题不太合适，谁不想见到给了自己生命的人呢！换作是我，估计也会寻找的。但我想问的是：她寻找亲生父母的动机有多强烈。

她又咬了咬嘴唇，垂下长长的眼睫毛："我想找到他们，问问他们为什么要丢下我！既然不想要我，为什么把我生下来！"看得出来她有些激动，脸都红了。

我拍了拍她的手背，给她讲了20世纪80年代中国的计划生育政策，给她讲了部分人重男轻女的封建思想。

"我知道中国的计划生育，我找过很多相关的资料来读。不管怎么说，自己生的孩子，怎么忍心丢掉！你知道把我送去孤儿院的人是在哪儿捡到我的吗？是在垃圾堆旁边！"她的眼神黯淡下来。

我不知道该说什么，此时此刻，仿佛说什么都是多余的。

回到家以后，我马上把资料压缩，传给了那个记者老徐。老徐很快回邮件，大致内容是：信息太少，困难较大；好在收养证上有她的照片、名字和出生日期，还是有一线希望的。

"如果可以找到，暑假我会带戴安娜一起去湖南拜访你，当面重谢。"敲完这行字，我长长地舒了一口气。

好事多磨。三个月过去了，还是没有音讯。之间我曾几次发邮件询问进展，老徐都说，最近很忙，再容他些时间。

2013年3月底，终于收到了老徐的邮件：很麻烦，很曲折，跑了很多路，但是功夫不负有心人，终于找到了！他让我们暑假回去的时候联系他，由他带我们进山。

当我打电话告诉戴安娜这个好消息的时候，她的声音听起来好像有些意外，但没有惊喜。倒是乔恩，开心得不得了。

2013年7月底的湖南，出租车里的屏幕上显示室外温度43℃。我们从长沙坐火车到益阳，然后又坐了两个小时的长途巴士。巴士走到一个镇上就不再走了，说是到了终点站。还有半个小时车程，老徐跟一个破桑塔纳车主谈了价格，拉我们来回。

戴安娜到底是健身教练，尽管我已经热得快要虚脱，从小到大没怎么经过高温天气的她却像没事儿人似的。

一路上，从飞机到火车到汽车再到破桑塔纳，她的表情一如既往的平淡，像一只温顺的猫。我不知道她心里在想什么，只是偶尔看到她紧紧地咬着下唇。

桑塔纳最终停在一户人家门口。简单的砖房，墙上的白石灰日晒雨淋，已经有些剥离。门前的几棵树在烈日照射下恹恹的，叶子泛着灰白。枝叶的影子，斑驳地映在墙上。

"到了，就是这儿。"车还未停稳，老徐就一个箭步下了车，他急急地走进敞开的大门，去寻找屋子的主人了。

我扭头看看戴安娜，她脸色发白，呼吸急促，一路上的平静此刻消失殆尽。乔恩双手紧紧握着她的右手，放在他的左膝上。

"你还好吧？"我担心地问。

"我……没事。"她抬起眼睛看我，我从她眼睛里看到了紧张。在乔恩的提醒下，戴安娜做了几个深呼吸，稍稍平稳了些情绪。

我知道她不是"近乡情怯"。三个月大的时候被遗弃，时隔二十几年，现在要见到那两个给了她生命的人，她一定不知道怎么面对。找到亲生父母，问问他们为什么要将自己丢弃，是她多年来的心愿。可如今，她与他们，就在咫尺之间，却突然间乱了分寸。

跟着老徐出来的，是一对中年夫妇。男人讪讪地笑着，女人不停地在衣襟上搓着手。他们往桑塔纳的方向看过来，阳光白烈烈地照着。男人眯起眼睛，女人用右手遮在额前。他们犹豫着往车子这边挪动脚步。

乔恩半扶半拽地把戴安娜拉下车来。她的手在微微发抖，身子不自觉地往乔恩身边靠。

"嗨！"戴安娜站得直直的，僵硬地打了个招呼。她不知道是该握手呢，还是该拥抱呢？她都不愿意。她就这样僵硬地站着。

那对中年夫妇直勾勾地看着戴安娜，女人突然一下搂过她，放声哭起来："梅梅……梅梅……"她一边哭一边唤着戴安娜的乳名。

戴安娜领养证上的名字叫蒋梅梅，出生于1987年。这些信息，她烂熟于心。

"她居然还记得我的名字……"戴安娜的心里柔软了一下，她也伸开胳膊，轻轻地搂了下正哭得伤心的女人。

女人抬起头来，双手怜爱地捧起戴安娜的脸颊："梅梅，是妈对不起你……你都长这么大了，出落得这么漂亮。"

她看着看着，欣慰地笑了，可是很快又哭起来："我对不起你啊，你只吃过妈妈三个月的奶……"

戴安娜还是呆呆地站着：这个满脸泪痕的女人，就是我的亲生母亲吗？一定是的，我的眉梢眼角，跟她长得很像。

戴安娜又将目光移到红着眼圈站在一旁的男人身上，男人正伸出皱裂的手，来握她的手。

"梅梅，你能回来看看，真好。二十多年来，我跟你妈不知道叨叨过多少遍。不知道你在哪里，不知道你还活着不……你妈妈讲起来就哭，数不清她哭过多少回。"中年男人说着，竟也流下泪来。

戴安娜感觉，此情此景简直就是电影里的桥段。她迷惘地看看男人，嗯，虽然自己像女人更多一些，可是，男人的身上也能看到自己的样子。鼻子，自己的鼻子简直就是克隆了他的。对，还有嘴型，几乎是一样的。

戴安娜听不懂他们在说什么，她只是在努力寻找，自己跟这两个血缘上的父母的相似点，只有这样，才能让她相信，他们就是自己的亲生父母。是他们，给了她生命，又将她抛弃。

女人终于停止了哭泣，请大家进屋里坐。我们这才注意到，门口还站着两个看起来年龄比戴安娜大一些的女孩，还有两个六七岁的娃娃在旁边玩耍。男人介绍说，那两个女孩是戴安娜的姐姐。

老徐显然已经通知过他们今天我们要来，屋里打扫得很干净，高粱秸做的扫把还靠在门后。一张四方桌摆在堂屋中间，四条长板凳一顺摆在桌子旁边，靠墙摆着一张长条桌，这些就是屋里所有的摆设。方桌、凳子和长条桌的红漆都已经大部分脱落，露出泛黑的木头原色来。

男人抽出长板凳，我们刚坐定，女人就提着茶壶走了进来。茶是新泡的，玻璃杯虽然还有些油污，但看得出来也刚刚冲洗过。

戴安娜接过女人递过来的茶，说了句"谢谢"。"你好""谢谢""再见"，汉语她只会这三个词。

"你会说中国话？"女人热切地看着她。戴安娜迷惘地摇了摇头，女人显得有些落寞。

村子里的人，听说老蒋家多年前丢掉的小女儿从国外回来了，还带了个洋女婿，这会儿都跑过来了。

大家的眼睛都往乔恩身上瞅："哈，老外身上这么多毛啊！""这小伙子长得真不错，挺精神！""老蒋家这女娃子，有福气。"

人越多，戴安娜坐在那儿，越是拘谨。

乔恩倒是挺自然的，傻傻地跟着大家笑。他虽然学过中文，但我们讲这么快，他自然是听不懂的，何况，大家的普通话里还夹着方言，连我听起来都有点费劲。

天色渐渐暗下来，邻居们相继离开了。村子里的炊烟开始一缕缕袅袅升起。

"梅梅的弟弟一会儿就到家了。"男人说，"当初啊，就是为了要个男娃，没办法，才把梅梅送走的。"他有些难为情地说。

在我听来，他好像在谈论一条小狗，一只小猫，而不是他们自己的亲生女儿。我同情地看了戴安娜一眼，庆幸她听不懂。

戴安娜让我问他们，她是不是就在这所房子里出生的。

"是嘞。我们一直没搬家，哪有钱盖新房啊。喏，就是在这间房屋里。"女人站起来，推开旁边的一扇门。

戴安娜挽着我的胳膊，站在卧室门口，看了眼简陋的卧室，目光停在那张宽大的旧双人床上。

"我曾经在这张床上啼哭，曾经在这张床上含着这个女人的乳头吮吸……可是为什么，当她站在我面前时，我觉得这么陌生。"她低声问我，从她的声音里，我听出了隐隐的痛。

我搂了搂她的肩，看着她的眼睛："给自己一点时间。"

屋外有摩托车熄火的声音，一个大男孩闪身进了屋。一定是戴安娜的弟弟了：相对于两个姐姐，他跟戴安娜最相像。细长的眼睛，高鼻梁，特别是笑起来的样子，简直一模一样。他有些腼腆地跟我们一一握手，用熟练的英语跟戴安娜和乔恩问好。

男人带着骄傲给我们介绍："这是我儿子志强。在镇上税务所上班。"

"山路弯弯拐拐的，你有没有晕车？"弟弟志强体贴地问戴安娜，"这么远，回来一趟真是不容易，又赶上这几天高温。比利时靠近海边，一定没有这么热。"

戴安娜看着比自己高出半个头的弟弟："还好，我身体好。我是健身教练。"她微微笑着，笑容比之前自然了好多。

我悄悄拉了乔恩去外面："让他们姐弟俩好好聊一会儿吧。"乔恩会意。

女人正在厨房里忙着做饭，戴安娜的两个姐姐在帮忙。他们宰了一只大公鸡，锅里煮着腊肉。两个小娃娃不知道从哪儿找了个铜钱，正在用大公鸡尾巴上的毛做毽子。

过了大约半个小时，晚饭做好了，戴安娜才结束跟弟弟的会话。她看起来轻松了一些。吃饭的时候，女人不停地往戴安娜的碗里夹着菜，弟弟志强体贴地给她泡了杯浓茶，他说农村的菜油太重，怕她吃完肚子会不舒服。

吃完晚饭，我们坐着破桑塔纳回到镇上，老徐已经事先订好了宾馆房间。干净倒还干净，就是有蚊子。志强去前台要了蚊香给我们，安排妥当了才回他在税务所的家。

接下来的两天，弟弟梁志强早上用摩托车载着戴安娜回父母家，晚上再把她送回宾馆。为了让他们一家人多一些时间单独在一起，乔恩、老徐和我，租了那辆破桑塔纳去附近的景点转了转。

要离开益阳的前一天晚上，戴安娜和乔恩过来找我，让我教她怎么说father和mother。我说，这个乔恩会啊。"不是dad和mom；她想说father和mother。我只知道'爸爸''妈妈'。"乔恩解释道。

"我的比利时爸妈，我喊dad和mom。在我心里，dad和mom是唯一的。我三岁他们就领养了我，他们给了我无与伦比的爱。这两个词，没有人可以分享。"戴安娜补充说。

我这才明白戴安娜的用意。

离开的那天早上，男人和女人来小镇给我们送行。"父亲再见，母亲再见。"戴安娜眼睛里噙着泪花，三双手握在一起，大概有两分钟之久。

志强过来跟她握手道别的时候，她的眼泪终于忍不住流了下来："再见，弟弟！我会再回来的。"戴安娜郑重地承诺。她给了弟弟一个紧紧的拥抱。

当年的益阳孤儿院已更名益阳市儿童福利院，由于撤县并市加之时间久远，最终未能找到当年在孤儿院照顾过戴安娜三年的老员工，我们只好带着些许遗憾离开。

飞机上，戴安娜又恢复到了从前：蓬蓬的波波头，淡淡的妆容。她是个心思细腻的好姑娘，在益阳的那几天，为了跟父母保持基调一致，她扎起了短马尾，素面朝天。

"怎么样，心中的疑问解除了吗？"

"我觉得我已经有答案了。重男轻女的思想，应该也不是一天两天形成的。他们也是受害者。如果留下我，就没有弟弟这个人存在了。"她缓缓答道，"我很喜欢这个弟弟，感觉这一家子里，我跟他最亲。"

她沉默了一会儿，接着说："我以为我会恨他们。可是，看着父亲粗糙的手，母亲眼角的皱纹，我竟然会心疼。"

毕竟血浓于水。她的身体里，流淌着他们的血。见面之前，她是怨恨的。被父母抛弃这种事，任谁也不能完全没有心结。可是，相认之后，善良的戴安娜选择了原谅。"26年了，我才见到我的亲生父母。我才知道，在某个山村里，我还有一个家。我是他们之中的一员，我与他们，有许多相似的地方。这种感觉，是我在比利时的家庭里体验不到的。"戴安娜努力想要讲清楚她的意思，我点头表示完全理解。

"现在，我有爸爸妈妈，也有父亲母亲。我是不是比别人都富有。"她自我解嘲地笑起来，笑容却是暖暖的。

我一直在等你原谅我

三个月前，格子跟相恋了十年的男友分手了。

爱情，终究没能敌过时间和距离。他们牵手走过了高中和大学，三年前当格子离开中国来欧洲留学的时候，他们还信誓旦旦地说永远不离不弃，等格子博士一毕业就结婚。

"是我要分的。不在一起，没有耳鬓厮磨，就多了猜忌；加上时差的原因，每天都讲不上多少话。最可怕的是，我们越来越没有共同话题了。"分手以后，格子给我打电话时流着泪说。

格子过来找我聚餐。苦笑着给我讲了这三个月以来的故事。

"十年来，因为有他，我一直扮演着小鸟依人的女朋友角色。现在我单身了，有些一直想要尝试却搁置下来的事情，是时候实施了。你知道的，下个月就是我的生日，所以我列了个清单，决定把这四件事一件一件认真完成，算是送给自己的生日礼物。"

"哪四件事？"我很好奇。

"喝一次烈酒，抽一次雪茄，跳一次伞，主动追一次男生。"

她说得很平静，我却听得心惊肉跳："你都完成了？"

她淡淡地说："已经完成了前三件。虽然跳伞没能单独完成，是和教练一起跳的，但对于连过山车都不敢坐的我来说，还是巨大的挑战，那种怕到极致却还能享受飞翔的愉悦体验，没有跳过的人，永远也想象不出来。喝烈酒和抽雪茄也没什么难度，我知道一旦沾上这两样东西，就容易被人定义为坏女孩，但偶尔尝试一次，也无所谓啦。这四件事里最难的，就是主动追男生了。我只有过一次感情经历，而且属于被动的那种，再者，就算我想行动，也没有人选啊！"

我笑着说："我看你还是算了吧！刚失恋没多久就想进入下一场恋爱，对你来说无异于多受一次伤。"

她也笑了笑，说："最后这件事我也做了。也许这就是天意吧，有一天我闲得无聊玩脸书，偶然间发现某人在上面更新了照片，一张张看下来，居然看得我胸口小鹿乱撞，尤其是留着长发很文艺范儿的那几张，简直就像偶像剧里的男主角。他还有一张显露胸肌和腹肌的，让我脸红心跳，不敢直视。"

　　她掏出手机，给我看了那个男人的照片，确实非常帅。可是我没兴趣看太多照片，我急着听故事。

　　"回忆起三年前认识他的时候，倒是没觉得他有多帅。只记得某个午后，他坐在学校门口的花坛红砖上，安静地弹着吉他。那一天，我确实多看了他几眼，只是因为在暖暖的秋日午后，阳光斜照，他半边脸在光线里，半边脸在暗影里，很是立体，像高中时素描课上大卫的头像。不过，我一向不喜欢总是被女生围着的男生，可能是骨子里的骄傲作祟吧。记忆中我给他看过一次手相，当时他似笑非笑地看着我，说将来要看看我说的准不准。

　　"他是我三年前学法语的同学，一个月短期班的同学而已。他来自乌克兰，讲一口流利的美式英语。当时他总是坐在我后面，一分组自然就是他和我一组。不过课下从来没有约过见面，也没有其他更多的交集。转眼三年过去，这次看到他发布的一组照片，居然让我面红耳赤，想入非非。"

　　"我在他照片下面用法语评论'好帅啊'，并附上了一个示爱的表情。我想，这应该算是主动追男生了吧？"

　　"他很快给我发了私信：'嗨，最近怎么样？约个时间一起喝个咖啡吧。'然后要了我的手机号码。"

　　"我们约在一周后的下午见面。那几天，我常常会想：事情会发展到如我预期吗？如果他真的只是喝个咖啡，那就只好当作老朋友见面了。可是如果一切水到渠成呢？会是什么样的场景？会是怎样的心情？激动、疯狂、歇斯底里，还是草草收场？"

　　"见面的那天，雨一直密密地下着。当我在那座古老的药房门口看到他时，透过灰蒙蒙的天，他的脸比三年前要冷峻一些。长发剪短了，胡子刚刚刮过，只看见青青的胡楂。他领着我走，说他知道一家别致的咖啡馆，是他刚来这座城市后，无所事事地闲逛时发现的。"

　　"他带我去的那家咖啡馆，果然极特别，大门雕花，内部简约却充满情调；咖啡桌一律是流线型的实木桌，沙发上的抱枕都是乳白色毛茸茸的小动物造型。咖啡的口味都很奇特，饼干甜点自取，主动把零钱放进旁边的储钱罐里就可以了。"

　　"我们挑了靠墙的沙发坐下，要了各自喜欢的咖啡。右边的两位女士坐在高脚凳上，正兴高采烈地聊着什么。她们显然注意到了我们的加入，回头认真地看了我们一眼。这一眼，看得我浑身不自在，因为国外有些中国女孩对外国男孩特别主动，以至于被人打上了'太随便'的标签，我怕自己也被他们误会。"

"我们从三年前开始聊起，三年的生活经历以及以后的生活规划。他突然捏住我的手说：'嘿，你还记得给我看过手相吗？你说我的一生都在学习。真让你说着了，我现在又回到了××大学，专攻电子工程师。'我真的不记得当时跟他说过这些了，马上抽回了手。他不依不饶，又抓过我的手，让我给他解释是怎么看的。我心乱如麻，哪有心情跟他纠缠这些，只好敷衍说：'光线太暗，看不清呢。'他终于换了话题，深深地看着我，若有所思地说：'我们真该早点联络，看吧，我们错过了三年的时光。你知道吗，我一直很喜欢你的。'他的眼光，似乎能穿透我的身体。"

"我有些招架不住，转换话题说：'你还弹吉他吗？我一直想听你弹吉他的。'他说：'已经好久不弹了，现在手生得很。'顿了顿，他也换了话题：'我现在养着一只猫，从乌克兰带过来的，今年17岁了。'我有点吃惊：'17岁！猫猫活到17岁该是怎样的老态龙钟啊！'他不无得意地说：'我的猫看起来就四五岁的样子。''真的？怎么可能？''不信的话，我带你去看看。'"

"都说好奇害死猫，其实女人最像猫，为了满足自己的好奇心，竟然不自觉地跟一个男人回家。"她自嘲地对我说，"不过也不全是因为好奇心，毕竟我已经做好了主动追男生的准备。既然他放出了诱饵，我自然不会拒绝。"

"城市不大，走路弯弯拐拐差不多15分钟，就到了他家。一开门，果然有一只猫喵喵叫着窜过来，确实看不出来是一只17岁的猫。他没有理会猫，一进门，就搂过我铺天盖地地亲过来。我喘不过气来，推开他说，你先喂猫吧。他颤抖着手打开猫粮，往猫碗里倒的时候撒了一地。僵持了一会儿，他拉上客厅的窗帘，音乐弥漫过来，我们在偌大的客厅里拥抱着跳舞。帅哥，音乐，氤氲的雨天……一切刚刚好，我终于有些心动了。"

"可是，那只17岁的老猫，一直喵喵地叫。我突然回过神来，最终没有留下来跟他一起喝那瓶他已经打开了的红酒。"

"呃，你心里还住着你的前男友，还不能敞开心怀接受另一个男人吧。"我说。

"回去的路上，我理了理心绪。没有爱，灵与欲无法水乳交融，喜欢是不够的，只有爱，才能让女人全身心地付出和接受，那种心甘情愿，那种心灵和身体的满足，才是爱情的最高境界。我想念和前男友在一起的日子，他了解我，胜过了解他自己。他总是知道我想要什么，知道怎么让我开心。生活中是这样，爱情中也如此。"

"刚回到家，我的手机就响了，是前男友打来的越洋电话。我忽然特别紧张，好像怕他能察觉到我今天不一样。我跟他说，我有点不舒服，晚点给他打回去。"

"我给他回电话过去，他很关心地问我没事吧。我眼睛一热，说了句'我们和好吧'。说完这句，我紧张地挂了电话。很快，我就收到了他的信息：'我一直在等你这句话。'"

我替格子高兴。

有时候，不经过一些事，你真的不知道自己在乎得要死要活的那个人是谁。希望他们的爱情能砥砺风雨，历久弥新。

遇见你，我花光了所有运气

西双版纳的雨季，乔木恣意地生长着。那些攀附着乔木的藤本植物，也疯长着、缠绵着、环绕着，依依恋恋。空气里弥漫着的，是糯湿的味道。

生意惨淡。萨拉坐在她的小咖啡馆里，百无聊赖地摩挲着自己的一头长发。

她用手指一圈圈卷起发梢，再顺势松开。这一个动作，反复了十几分钟。

到今天，距离他离开的日子，已整整三年。

他还活着吗？他到底在哪里？发生了什么事？她一遍遍在心里问自己，没有答案。她从来不相信，他对她只是逢场作戏，走了，一切也就不存在了。

不。她坚定地相信，他是真心爱她的。他不是花花公子，她能感觉到他的用情至深。她相信自己的感觉。睿智的女人，她们的第六感从来不会欺骗自己。

她又一次回想起他们在一起的点点滴滴。

如果他不来中国旅行，不到西双版纳这个充满异域风情的小城；如果他没有逛到这条狭窄的街道，没有推开这家小小咖啡馆的门，他与她，就是这世界永远不可能相交的两个点。

可关键是，他来了。

他从遥远的德国南部来到这个温暖的小城，推开了掩藏在一排排热闹的露天茶座后面的那扇孤寂冷清的小门。

就这样不经意地遇见，不着边际地闲聊。爱喝咖啡的人，本就不多，何况小店位置偏僻，门脸儿又小。没人打扰，他们一聊，就是一个下午。

太阳偏西，她给他磨了一盅当地的咖啡，香气氤氲了整个小店。

喝完咖啡，他站起来，跟她握手告别。两双手握在了一起，竟舍不得分开。他动了心，她亦动了情。

原本，他的行程计划是在西双版纳至多待一个星期，但他延后了归期，为她。

他们相偎相依，徜徉在湄公河的桨声灯影里；他们十指紧扣，穿行在葱葱郁郁的热带雨林间。

她带他参加一年一度的泼水节，与当地人嬉笑打闹。他爱怜地帮她把滴着水的长发拢在耳后。他们的甜蜜，留在了西双版纳的各个角落。

两颗年轻而悸动的心，像被春雨滋润的种子，爱情，来得这样猝不及防。

幸福的日子，总是像长了脚似的，一眨眼就溜走了。

签证截止的日子要到了，归期延无可延。他必须得走了，毕竟生活还要继续，他在德国的生意也需要经营。

他依着她的心思，陪她照了一套结婚照。

照片上的他，神采飞扬，白衬衫随意地塞在西裤里面，帅气得让她脸红心跳；她呢，小鸟依人地靠在他的肩头，一脸的满足。他们还不是法律上的夫妻，但有什么关系，在她的心里，这个人就是自己的归宿。

执手相看泪眼，竟无语凝噎。依依不舍地一再约定：他会来找她，就在这个地方。等他再来，便不走了，然后他们一起去神秘的拉萨，一起游东南亚。

她勾勾他的手指："我等你。"简短而坚定。

"不见不散。"他一步三回头。

他来的时候，还是旱季。他走的时候，已经是雨季。他带走了她的深情，也带走了她的心。

三年了，来咖啡馆的客人，谁也想不到，这里曾发生过如此浪漫的故事。

她一如既往地忙碌着，没有客人的时候，她会回到楼上的小房间里，擦拭一遍那些结婚照。照片上的他，依然神采奕奕地对着她笑。他的脸，总是散发着让她不能抗拒的光芒。

可是，他如今在哪里呢？

自从三年前离开，他就像从人间蒸发了一样，无声无息，无影无踪。他没有留下任何联系方式，她无法找他，只好任由思念的刀刃，一遍遍地割着自己的心。

除了这个咖啡店的地址，除了他留给她的美好记忆，他们中间，再没有任何瓜葛。

她犹豫了一下，提前打烊，关上小店的门，去了一家美发店。

"真的要剪？你这头发这么光润。"

"剪。"她倔强地说。不然，长发为谁留？！

这年冬天，她一个人行走东南亚。说好的一起旅行，他没出现，她便一个人上路。她要走遍他们相约要去的地方，用这种方式，祭奠一段感情。

在泰国海关，她因为支棱着的寸头，被拒签。理由是，护照上是个温润如玉的长发美人；而面前显现的，却是一副短发冲天的憔悴容颜。

她终于没忍住，掩面大哭起来。

她整整游历了三个月，不丹、老挝、缅甸、泰国、越南、柬埔寨、印度、尼泊尔，然后是中国的西藏和新疆。

她把咖啡馆委托给了妹妹，潜心去走每一个地方。每一座寺庙里，她都上双份香，虽然他不是佛教徒，但她还是会替他烧上一炷，就当他在自己身边。

每到一个地方，她都会买一两样纪念品，她揣度着，这个小物件，应该是他喜欢的。

母亲叹着气劝她："放下吧。三年了都没有消息，你还能指望着他再回来？"

闺密陪她难过："你太执着。换作是我，我肯定不相信他还会回来。"

萨拉也不确定。别说指望他回来找她，就连他是不是还活着，她都不确定。可是，她看不上母亲和闺密给她介绍的任何人。她的心，已经满满地被他占据了。

她也想重新开始一段恋情，但她做不到。她选择了等，哪怕结果是一场空。她不惧怕自己成为老姑娘，她的心里是孤独的，但也是充实的。她有事没事，还会擦拭一下他们的相片，她对着相片里的他，心酸地笑。

前面的一排排茶楼已经重新装修，显得更加富丽堂皇。相比较之下，她的小咖啡馆，缩在角落里，无比寂寞、凄凉、冷清。

但她从来没想过搬迁或是重装，她就守着这个小门脸儿，一守又是九年。

十二年后，他再次来到西双版纳，带着满心的沧桑。

十二年前，他告别心爱的女人，从这里离去，他以为自己很快就会回来与她相聚。可命途多舛，他的父亲在飞机失事中丧生，他自己无端惹上一身官司，赔了身家，丢了工作。

巨大的打击重重袭来，他一度潦倒消沉多年。

等他终于从苦难中站起来，已是几年之后。

他想，她一定对他失望透顶，她一定忘了他，嫁人、生子，过着平静的日子。他不想打扰她平淡的幸福。

岁月在前行，可他对她还是念念不忘。半夜醒来，思念吞噬了他。她过得好吗？她还能认得出自己吗？

"就当去跟她道个歉吧。"犹豫了无数个日夜之后，他给自己找了个借口。

一张机票，他带着忐忑不安，又来了云南。

沿着曾经熟悉的路，穿过一排排茶楼，那个小咖啡馆就在眼前。名字未变，规模未变，只是门上的红漆斑驳散落了些。

他的心狂跳起来，但不得不强行定了定神，装作若无其事地推门进去，然后就看到她一撩门帘从后厨出来。

四目相对，时间定格在那一刻，仿佛成了永恒。

他未娶，她未嫁。

冰雪消融，前嫌尽释。他们去香港登记领了证，回景洪办了场小小的婚礼。

婚礼后一周，咖啡馆就接到要拆迁的通知。

她抚着胸口："你再迟来半个月，真的就再也找不到我了。"泪水吧嗒吧嗒落下。

他搂她入怀，发誓再也不会离开。

咖啡馆拆迁以后，萨拉在西双版纳做了两年英语导游。后来，他们举家迁回德国南部。

现在的萨拉，又留起了长发。她活力四射，一副好看的大耳环叮叮当当，让人感觉她随时会随着音乐扭动起腰肢来，那应该是西双版纳傣族姑娘能歌善舞的基因吧。

只要心中有爱，一切都不是问题

在伦敦潮湿的天气里再见到梅伊，我惊讶于时光对于这个女孩的眷顾。那种感觉，真的像是看《丑女无敌》的时候，从第一季跳到了第四季。

"牙套去掉漂亮多了，你不戴眼镜了？"看着穿着婚纱的美娇娘，我差点以为自己走错了地方。

"我早就开始戴美瞳啦。上中学时，我太不在乎外表了。"她被我盯得有些不好意思。

梅伊是我唯一带过的一届高中班学生。我印象里的她，戴着牙套和深度眼镜，喜欢跟同学打打闹闹。

她学习不怎么费劲，但一到期中考和期末考，稍微一用劲儿，就一不小心考了年级第一名。

我们学校有个规定，年级第一名到第十名，能得到全额奖学金，但是只发给有北京户口的同学。梅伊因为没有北京户口，每年眼睁睁看着自己排在第一的位置，还是要交高昂的学费。

时任班主任的我，很是替她愤愤不平，她却反过来安慰我："老师，没关系，能考第一，是证明我可以。它给我的信心，比奖学金重要得多。"

梅伊的家里，并不是特别富裕，父母都是普通的工薪阶层。一个十几岁的孩子，能有这样的眼界，真的让人佩服。

梅伊知道自己无法在北京参加高考，就憋着一股劲儿学英语，高二雅思考试达到英国一流大学录取标准。由于她数理化成绩优异，高中毕业顺利被伦敦一所大学录取。

看着如今已从丑小鸭变成白天鹅的梅伊，我心里暗暗感叹野百合也有春天。梅伊抓过身边的大男孩给我介绍："老师，这是肖宇。也是我们高中的学生。"

我虽然跟学生打成一片，为了学生跟校长吵过架，但他们恋爱的事情，到底还是瞒着我了。

我到今天才知道，那个在我眼里只知道打打闹闹的戴牙套女生，居然还有这么一段轰轰烈烈的爱情。

高一的时候，梅伊偶然看了一次学校的社团演出。其中一个抱着吉他弹唱的男孩，打开了她的心扉。通过人人网，她知道了男孩是高一另一个班的学生。

男孩叫肖宇，有点微胖，但他陶醉着边弹边唱时的样子，在梅伊的眼里，简直帅呆了。梅伊说，他长得像极了郎朗。

梅伊偷偷喜欢了肖宇整整一个高一，梅伊的闺密们都知道，但肖宇不知道。每次社团有活动，梅伊就会事先买好花，准时参加，等他唱完就拼命鼓掌叫好，给他献花。

在她第四次献花的时候，肖宇叫住她："同学，请问一下，你叫什么名字？"梅伊假装矜持地给他留下了姓名和电话，激动地拉着闺密跑到操场上又跳又叫："他注意到我了！他问了我的名字！"

然而，肖宇并没有联系她。整整一个月，梅伊没事就拿起手机查看，可是，没有收到肖宇的任何短信和电话。

她沮丧极了：既然没打算联系我，干吗问我的名字！给了我希望，却用更大的失望来打击我。

梅伊第五次去给他捧场的时候，决定找他要联系方式。"做个普通朋友，也可以要他电话的嘛。"梅伊在心里给自己打气。

台上，肖宇特别深情地唱着《裙角飞扬》。梅伊看着他，两颊绯红。当她站起来要去献花的时候，一个穿白裙子的女孩抢在了她前面。梅伊看到肖宇特别开心地接过白裙子女孩的花，还亲昵地在她头发上吻了一下。

好像不小心被手里的鲜花扎了手，她急急地扔掉花，扭过头，飞也似的跑了出去。

眼泪不争气地流了下来。一年多的期待，就像一个美丽的肥皂泡，顷刻间破灭。

闺密们给梅伊出主意，让她去表白，抢回肖宇。梅伊看着镜子里，带着牙套和近视眼镜的自己，想想白裙子女孩高高挽起的发髻，修长的脖颈，失落地摇了摇头。

她没有资本跟别人争。自己其貌不扬，除了成绩好点，她不会唱歌，不会跳舞，不会弹琴。看那个白裙子女孩的气质，应该是练过芭蕾的吧。

肖宇把一切都看在了眼里。梅伊跑出去以后，他悄悄捡起来她扔掉的花，有些窃喜又有些心疼。他把花带回男生宿舍，插在一个大玻璃瓶里，捣饬了半天，精心地想要摆得艺术一点。

他终于确定，这个傻丫头心里是有自己的。其实，从她第二次给他献花，他就注意到她了。后来要了她的号码，他并没有联系她，是因为他打听到她就是那个总是考年级第一的女孩；她打算考雅思，将来准备去英国留学。

肖宇打心底觉得自己配不上她：我除了会弹个吉他唱个歌，还会什么？以自己的家庭条件，根本不可能去国外留学的。

他喜欢那个戴着牙套的傻姑娘，她看自己的眼神那么热烈。可是，这样的两个人，只会越走越远啊。

我在等你过了那条街

然后再转身阔步地走远

你别回头

别管那裙儿飞

你就快要过了那条街

我想我没有机会再反悔

爱这一飞

将飞过千山万水

爱发生在不对的时间

全乱了滋味

赶在伤害还没出现

让结束保有一种美

"自己今晚声情并茂地唱的这首歌，就是唱给她的啊，傻丫头。"肖宇在心里说。

梅伊再也不去听肖宇弹唱了，专心背她的英语单词。可是肖宇，却习惯不了观众席上少了那个戴牙套的女孩。

高二结束的时候，梅伊收到一条短信："今晚最后来听一次我的弹唱吧。高三功课忙了，我们这些'老人'就退隐了。顺便说一下，上次给我送花的那个女孩，是我的堂妹。"

梅伊一潭死水似的心，突然间就活过来了。她拉着几个闺密商量："怎么办啊，他跟我解释，说明他知道我喜欢他。好囧啊。"

"一不做二不休，既然他没有女朋友，还犹豫什么，干脆一举拿下。"闺密们撺掇她。

梅伊在闺密们的怂恿下，买了一大束玫瑰，生平第一次，穿上了高跟鞋。虽然只是五厘米的小高跟，可由于不习惯，走起路来还是有些奇怪，活脱脱就是丑女林无敌的形象。

她献花的时候，台下的闺密们起哄："抱一个！抱一个！"可是，肖宇只是象征性地搂了她一下，脸上一副严肃的表情。

晚上，他又发过来信息："感谢你能来。匆匆相识，就此别过。祝福你一切都好。"

梅伊可不愿意就此别过，她每天给他发"早安"和"晚安"，有事没事就对他嘘寒问暖。不管他怎样刻意保持距离，梅伊一如既往地关怀体贴。

"你不要对我这么好。我知道你是要去英国留学的，我的家境，决定了我们只会越走越远。"肖宇发消息给她说。梅伊终于知道了他为什么对自己若即若离。

"我就是要对你好。这辈子，我只想对你好。只要心在一起，一切都有办法克服。相信我，相信爱！"看着梅伊火辣辣的文字，肖宇被说服了。

那个高三，两个人一边如影随形，一边刻苦学习。

梅伊后来去了伦敦，肖宇留在北京上大学。四年过去，梅伊凭借自己的实力，找到了可以留在伦敦的工作，而肖宇，则申请到了一个公费留学的名额。

"一年暗恋，一年误会，四年异地，好事多磨啊。好在终于又可以天天腻在一起了。"梅伊看着肖宇，眼神里都是甜蜜。

吃着他们的婚礼小蛋糕，我觉得牙缝里都是甜的。我打心底里，为眼前这对新人高兴。

只要心中有爱，距离不是问题，一切都不是问题。

任何时候，都不要拒绝成长

○

第四章

这样的女孩，注定会幸福

世界真小。

我从 Zara（飒拉，西班牙服装品牌）专卖店的试衣间里出来，后面有人轻轻拍了拍我："女士，您的帽子掉了。"

我捡起帽子，回头报以一笑，以示感激。我和身后的人都愣了那么一秒，眼里同时迸出惊喜。

"琳达！"我睁大了眼睛。

"老师！"

我们抱在一起又蹦又叫，完全忘记了这是公众场合。

认识琳达，是在 2008 年的春天。那时我在北京一家汉语机构做兼职，琳达是由我负责的一个为期三周的学员。

琳达入学的那天，我在宾馆大厅等她。她穿着一件卡其色 Jack

Wolfskin（狼爪，德国户外装品牌）防风衣，一双Lowa（洛瓦，德国户外运动鞋品牌）鞋，背着一个North Face（乐斯菲斯，美国户外运动品牌）登山包，拖着一个大大的行李箱，走起路来呼呼生风。一米八的大个头，身型瘦削，但这一点也不影响她的天生丽质：蓝色湖水一样深邃的目光，小巧而高挺的鼻梁，薄薄的嘴唇，尖尖的下巴，颇有点奥黛丽·赫本的味道。

琳达上午跟我学汉语，下午则参加各种活动，比如看京剧、赏茶道、学书法、游故宫、爬长城等。

这些活动本来都有专人负责，但那天书法老师因病无法上课，我只好赶鸭子上架教她练习书法。

我将毛笔饱蘸，挥毫泼墨，墨水浸染在宣纸上，显现出一个"心"字。她看着"心"字，走了一会儿神。等她抬起眼睑的时候，睫毛上有泪花闪烁。

"老师，为什么'心'字上面的三点，像三滴泪……难道，我们活在这个世界上，就要伤心流泪吗？"

我一时无语。她拉我坐下来，跟我诉说了憋在心里已久的故事。

原来，琳达计划完成一次历时六个月，途经蒙古国、中国、尼泊尔、越南、老挝等国家的长途旅行，她已经去过了尼泊尔、蒙古国、中国的新疆和西藏，北京是她的第五站。难怪她总是一身户外衣，风尘仆仆的样子，她本就是一个资深驴友（是对户外运动，自助旅行爱好者的称呼，也是爱好者自称或尊称对方的一个名词）。

"你怎么有这么长的假期呢？"我真是一个世俗女子，首先想到的是这个实际的问题。

"我在菲利普荷兰总部工作，假期可以累积的。我工作四年来，一直没有休假，所以今年我可以休半年。"

"真好。"我说，我打心底里崇拜这么独立的女子，"可是你怎么能下定决心一个人走这么远、走这么久呢？毕竟一个女孩子单独出门，还是有些不安全的。"

"是因为我男朋友马克。"她的眼神里掠过一丝灰，"他以前是我的同事，我一直对他有好感，但是他有女朋友，我只好把这份感情藏在心里。后来他们分手了，我得偿所愿，跟他在一起了。我们在一起3个月时，他前女友发生了车祸，并不严重，只是需要疗养一个月。他居然跟我说，要回去照顾她一个月。我自然不同意，她的家人可以照顾她啊，为什么他非要去。他说我自私，他说他照顾她纯粹是出于一种责任感，可是我觉得，他心里还爱着她。"

她叹了口气，继续说："我认识他的时候，他们就在一起了，我理解他们曾经深爱，可是他也应该在乎我的感受啊。我偷偷地喜欢了他那么多年，现在终于等到了他，却又出来这样一个插曲。"

听到这儿，我的第一反应是：这个马克确实是爱前女友的。

"你觉得他对你是哪种感情呢？是真正的喜欢，还是因为分手后的寂寞？"我忍不住问得很直白。

"女人都是敏感的。从他看我的眼神，从他平时对我的照顾，我能感觉到他也很喜欢我。有一次，他要去出席一个重要的会议，我帮他选领带。他突然很激动地抓住我的手，说他喜欢我。但那时候他还没有和前女友分手。我甩开他的手，走开了。我们俩都很克制，尤其是我，我绝对不容许自己做破坏别人感情的第三者。"

我起身泡了杯茶，递给她。她浅浅地呷了一口，抬起头看着我，认真地说："所以这次，我要让他想清楚。我对他说，我给他六个月的时间，让他决定到底选谁。这六个月，我不会跟他联系，就当我不存在。六个月后我回来，如果他还在我和他前女友之间犹疑、徘徊，对不起，本姑娘不再奉陪。"

她说得很坚决。我看着她棱角分明的脸，对眼前这个女孩的喜欢更添了几分："他们俩是因为什么分手的呢？"

"他说是因为我。他说他渐渐爱上了我。可是现在，他居然提着行李住回去了。那么我算什么？他这样在我们两个人之间摇摆，无论是对我，还是对他前女友，都不公平。"

我同意她的看法。

如果我是她，我也会做同样的选择："你做得对。喜欢的，我们要去争取；但如果争取来的，不是我们想要的纯粹的感情，那情愿不要。男人，可以给他机会，但我们更要对自己的感情负责。"

我们站起来，无心再继续学习书法。

"天气这么好，我们出去走走吧。"她提议。

我们沿着宾馆前面的林荫道，往南锣鼓巷走去。

"布达拉宫雄伟壮观，藏民对宗教的信仰程度让我为之震撼。天山太美了，那种美让我沉静。可是最触动我心灵的，却是尼泊尔的落后。"路上，她给我讲起了她旅途中的见闻。

"北京呢？你对北京印象怎么样？"我问她。

"北京，我才刚看到一个角呢。不过我很喜欢这儿，北京有一种大气恢宏而又不乏精致的美。而且，在北京我认识了你，一个我愿意给她讲我的故事的人。我的旅程已经有四个月了，除了每周给家里打一个电话外，基本都处于自说自话的状态。"她说得很真诚，眼角里带着笑意。

后来只要有空，我就和她一起参加活动。

我们一起爬长城，站在烽火台上摆各种姿势拍照；我带她去天坛，告诉她那是我最喜欢的公园；我们大半夜去后海泡吧，差点被人当作同性恋；我们去看京剧，我昏昏欲睡，她就偷偷掐我胳膊，跟我说千万不能睡着，否则太不礼貌。我不明白，她根本看不懂，怎么能看得如此津津有味？

转眼三周过去，我们已经成了无话不说的好朋友。友情跟爱情一样，可以无关国籍、无关肤色。

琳达在北京的最后一周，是去太阳村的一家智障中心做义工。因为语言问题，第一天我得带她去报道并办理相关手续。

那家智障中心在一条深深的窄巷子里，出租车没法到达。我们索性从宾馆借了一辆已弃置不用的老式自行车。身高一米八的琳达，弓着腰使劲蹬着，我悠闲地坐在自行车后座上，吊着脚。

一周后，我再去帮她办手续时，看她正在给一位四五十岁的男性智障人员擦鼻涕。听说她要走了，周围几个人都凑过来，有的拉住她的胳膊，有的拽住她的衣角。一位大约十八九岁的女孩一边抹泪一边说："姐姐别走。"琳达摸了摸她的头，深蓝色的眼里有些湿润。

琳达离开北京去越南的前一个晚上，我们聊到很晚很晚。

我问她："还有两个月就要回去了，你准备好了吗？"

她沉默了一下，深吸了一口气说："现在还没有……但我还有两个月时间呢。到时候不管怎么样，都要面对。最坏的打算，无非是转身。我努力过，如果不能挽回，那么情出自愿，事过无悔。"

我点点头。像琳达这样的女孩，不仅年轻、漂亮、有爱心，更重要的是她知道自己想要什么，懂得努力争取又不一味迁就，她最终会得到她想要的。爱情如此，生活也是如此。

"我觉得你最好还是跟他保持基本的联系吧。他现在应该非常担心你呢。像朋友一样联系，偶尔报个平安。"我建议说。

她说她会考虑。四个月来，他给她写过十几封电子邮件，但是她一封都没有回复。

那天晚上，我第一次体验了抽烟的感觉。我们靠在故宫红色的围墙上，看着烟雾袅袅升起，旋转着，由一圈圈到一丝丝，然后踪迹全无。

一周后，我收到了琳达的邮件："老师，我安全到达越南，已经安顿妥当。我也给马克回复了邮件，告诉他我很好、很安全，旅途中也冷静地思考了很多。他回邮件说他特别开心我能联系他，他

186

说虽然他知道我能照顾好自己，但是一个女孩单独出行，还是不能不担心。他还说，他等我回去。"

琳达一直叫我老师，但我只教她说了几句中国话而已。其实，她才是我的老师，她的爱心，她的独立，都影响着我。

那年元旦，我去太阳村看望了那些父母身陷囹圄的孩子们，尽我所能送了他们一些小礼物。我想，我们生命中遇到的每一个人，都可能会对我们的人生产生些微的影响。

暑假的时候，想着琳达已经回到了荷兰，我很想知道她和马克是什么情形，但还是觉着不便打扰。后来我的邮箱换了域名，以前的邮件记录全部丢失，我跟琳达之间唯一的联系方式中断了。

很多次，我在街上看到高大清瘦的西方女子，就会想起琳达，不知道她过得怎么样。后来，时间久了，关于她的事，我也就渐渐淡忘了。

友情跟爱情一样，需要缘分，没想到我们居然在服装店偶遇。不过也不意外，琳达工作的公司，就在这座城市。

她拉着我走进旁边的咖啡馆，兴奋地问我怎么会来荷兰。她听完我的回答哈哈大笑："你也嫁给了荷兰人？"

我点头，问："你呢？"

她拿起电话，神秘地跟我说："我给你介绍一个人。"

电话里是一个好听的男声，琳达告诉了他我们的位置，让他马上过来。

不一会儿，对面走过来一个男人，推着婴儿车，手里还拉着一个三四岁的小女孩。

男人很帅，阳光从背后照过来，更增添了几分风度。

他有些腼腆地伸出手来："你好，我是马克。很高兴认识你。"

"超级好'奶爸'啊！"我冲着琳达做了个鬼脸。

被限期的爱情

不顺心的时候，好像一切都在跟你较劲儿，倒霉事一桩接一桩。

温迪先是被老板炒了鱿鱼，紧接着是车子坏了，回家后想投几份简历，电脑却总是死机，连空调也跟她作对，居然罢工了。

这天，男朋友安格斯突然告诉温迪，他在比利时的任期提前结束，下月初就要回美国了。

一切不顺，都不如这条消息来得凶猛。温迪愣愣地看着安格斯，眼泪不听话地流了下来。

"你不是从一开始就知道，这一天迟早会来吗？"安格斯柔声劝慰，抬手替她抹去泪，微微蹙着眉头，有些不安地看着她。

"我们还有二十天的时间呢。"安格斯一只手把她拉进怀里，另一只手从背后温柔地托住她的后脑勺，像每天下班时一样，想给她一个深情的吻。可是温迪从他的怀里挣脱开了。

她想挽留，却没有理由。从相处那天开始，安格斯就明确地说明，他来比利时只是外派，3年以后就回美国。他回国的日子，就是两人分手的时候，谁也不许纠缠。温迪如果愿意，就做他女朋友；如果不愿意，他绝不勉强。

温迪早知道会是这种结局，可她还是无怨无悔地纵身跳进了这个深渊。

安格斯是一名空军飞行员，美国派他到比利时空军基地做技术指导。这个空军基地就在温迪家附近，两年半前，安格斯租下了温迪家的一套公寓，机缘巧合地成了温迪的邻居和租客。

那时候，温迪刚刚念完大学，准备先去毕业旅行。

某个午后，在楼下洗车的安格斯引起了她的注意。健美的肌肉，好看的轮廓，让她忍不住躲在窗帘后面偷窥他。

从此，温迪每天都伸长耳朵听车子停在楼下的声音，然后从窗帘后偷偷往外看。看他打开后备厢，背上健身包，锁好车门，噔噔上楼开锁。等他转身关上房门以后，她还忍不住盯着那扇门发愣。

温迪放弃了计划已久的毕业旅行，她下定决心，要把这个美国大兵收在麾下。

温迪敲响安格斯房门的那天，正是比利时短暂的夏天里最热的一天。知了在门前的树上卖命地叫着，车轮驶过柏油马路时发出"滋滋"的声音。

温迪在镜子前把所有裙子都试了一遍，最后还是穿上了她的牛仔小热裤，上身则看似漫不经心地搭了一件CK小背心。这条牛仔短裤，恰到好处地包裹着她的丰臀，小背心不仅勾勒出她的曲线，修长的腰部和脖子也都显露出来。

安格斯穿着件大裤衩，拿件T恤正手忙脚乱地往头上套。

简单地寒暄过后，温迪直奔主题："在这儿生活，不会讲荷兰语可不行哦。你看这样行不行，利用你工作之余的时间，我教你荷兰语，你教我英语。"说完，眨着大眼睛热辣辣地看着他。

安格斯自然是中了招儿，爽快地答应了，不知道是真的想学语言呢，还是因为温迪火辣的身材。

英语本来就是温迪的强项，两个人只顾着一起海阔天空地聊天，一个月了，安格斯就只学会两三句荷兰语。

转眼就要到温迪的生日了，安格斯问她想要什么礼物，温迪没忍住，表白了："我喜欢你好久了，我想要你做我男朋友。"

安格斯收敛了笑容，正经说道："我在这里只有三年的时间。"

温迪不解："这有什么问题吗？"

"等我三年后回美国，我们就得分手。"安格斯说得斩钉截铁。

"为什么一定要分手呢？你可以留下来，我也可以跟你去美国呀。"温迪有点失落。

"我前女友因为我要外派跟我分手了，但是，我想回去以后找机会挽回。她是我的初恋，我一直没法忘记她。"安格斯犹豫了一下，毫不留情地说。

安格斯无法忘记他的前女友！这件事让温迪郁闷了好几天。她思前想后，觉得管不了那么多了，现在的安格斯，对她简直就是致命的诱惑，先和他恋爱再说。

于是，温迪纵身跃入了这段爱情。

生日那天，温迪没有邀请其他亲朋好友，他们买来红酒和蜡烛，安格斯亲自下厨，做了温迪钦点的意大利面，因为她知道安格斯只会做这一样。

那晚的酒特别醉人，温迪觉得，安格斯做的意大利面，比她在所有饭店吃过的都要香。

烛光摇曳里，葡萄酒的作用更加明显，两朵红晕飞上温迪的脸颊，她眼波流转，深情款款地看着安格斯。

可是安格斯要沉稳得多。他打算起身收拾碗筷的时候，被温迪一把搂过来，滚烫的唇贴了上去。

我就不信你可以坐怀不乱——温迪天马行空地想着。还没等她用完最狠的招数，她已经感觉到了安格斯身体的变化。

温迪心中窃喜，她放慢了节奏——此时，应该让男人掌握主动。对于情事，温迪还是相当有经验的。

果然，安格斯再也沉稳不起来了，他一把抱起温迪，把她抱在了沙发上。

温迪终于等到了她梦寐以求的时刻。

从这之后，她对安格斯的依恋越来越深。

安格斯对她也无可挑剔。他不再泡吧，下了班就回来陪她。

温迪找工作需要去面试的时候，他就乖乖做好意大利面等她回来。他陪她逛街，耐心地给她挑口红的颜色。他做了一个出色的男朋友该做的一切……

只是，一想到安格斯有个让他念念不忘的前女友，温迪就浑身不舒服。温迪曾偷偷翻过安格斯的抽屉，里面有一个女孩的照片，一张干净的脸，一双清澈的大眼睛带着笑意。除此以外，没有任何蛛丝马迹。

温迪想通过安格斯多了解一些他的前女友，可是，每次她一提及，安格斯就收起笑容，冷冷地说："我不想谈论这些。你别再问了，好吗？"温迪只好作罢。

圣诞节的时候，安格斯的父母给他寄来卡片。温迪悄悄地记下了安格斯父母的地址。

在一家律师事务所任文员的温迪，好不容易等到休年假的日子。她跟安格斯说，她要跟同事们一起去南非度假，安格斯欣然同意，还帮温迪收拾行李。

温迪并没有跟同事们去南非，而是只身去了安格斯的家乡。她按照地址，找到了安格斯父母远在西雅图的家。

她说明了来意，两位老人惊讶之余，十分尊重她的果敢。他们详细地给温迪讲述了安格斯与他前女友之间的恩怨情仇。

原来，四年前，安格斯的前女友派格和妹妹在夜晚回家的路上遭遇暴徒，暴徒拽住派格妹妹欲行强奸，派格情急之下用砖头砸暴徒的头部，没想到失了手，导致暴徒当场毙命。

派格被判三年监禁，在牢房里染上了毒瘾。为了不影响安格斯的前途，派格决绝地与他分手。

后来，派格被家里人保释了，在一家戒毒中心戒了毒瘾，可是身体越来越虚弱，现在好像是在某家医院里疗养。

温迪很佩服派格，她决定去拜访一下这个让自己吃醋的女孩。温迪已经想好了，如果这个女孩和安格斯之间感情还在，自己愿意退出，成全他们。尽管这么想的时候，她的心好痛。

安格斯母亲递给温迪一个号码："她愿不愿见你就不知道了，自打她从戒毒中心出来，我们就再也没见到她。"

拨通了电话，温迪简单介绍了自己，派格爽快地答应见她。

坐在约定地点窗前的那个女孩，几乎没有了安格斯抽屉里那张照片上的样子。她瘦弱苍白，只有那双大眼睛，虽然带着倦意，却依然美丽。

温迪没有遮遮掩掩，她把自己的想法和盘托出："我爱上了安格斯，但我知道，在他的心里，你的地位是无法撼动的。我来看你，是因为我们爱上了同一个男人，而且，我佩服你的勇敢和担当。安格斯说了，等他任期满了，他要重新把你追回来。"温迪说着，眼眶红了。

女孩哀怨地苦笑了下，伸出她苍白的右手，握住温迪的左手："我跟他之间，再也没有可能了……我在牢里的时候，不仅染上了毒品，还染上了艾滋病……我没有告诉任何人。也希望你能帮我保守这个秘密。安格斯是个好男人，希望你真心对他，好好珍惜。"

恍惚中，温迪不知道是怎么回到安格斯父母家的。第二天，她嘱咐安格斯父母不要在电话里告诉安格斯自己来过，就乘飞机离开了这个伤感的地方。按说，这样的结果对她来说并不坏，可她却怎么也高兴不起来。

回到家，温迪向同事要了几张南非的照片，把安格斯糊弄了过去。可是，她的眼前，总是晃着那个女孩的影子，她那苍白的脸和苍白的手。她拉开抽屉看了看那张照片，怎么也不敢相信这是同一个人。她在心里叹息：多么好的一个女孩，老天对她太不公平了。

日子像长了脚，飞快地过去。朋友们渐渐结识了温迪的美国大兵男朋友，都夸他帅气体贴。

温迪渐渐淡忘了他们的三年之约，在她心里，已经不自觉地把安格斯据为己有，连她自己都纳闷：以前不是信誓旦旦地说爱情只有6个月的保鲜期吗？为什么对安格斯，自己只想抓紧，不想放手呢？

感情这东西，是最难讲清楚。温迪明白，这一次，她是真的爱了。她怕失去安格斯，做梦都怕。

可是现在，这个人却要从自己的生活里彻底消失，她竟然连挽留都不能，只能眼睁睁地看着他离开。

坐在沙发上，温迪越想越伤心。这张沙发，是他们第一次亲密的地方；这套公寓，见证过他们多少甜蜜的时刻。

如果他走了，人去楼空，再也寻不到他的影子，他的痕迹……温迪不敢往下想，她随手拿起属于他的那个抱枕，贪婪地把头埋进去，吮吸着抱枕上他的气息。

安格斯把这一切都看在眼里，却不知该如何劝慰。

泪水打湿了抱枕，温迪抬起头来，哽咽着问："你爱我吗？两年多来你爱过我吗？"

"傻瓜，我当然爱你啊。你感觉不到吗？因为只有3年，我拼了命地对你好啊。看来我还是做得不够好，你居然没感觉到。"安格斯真诚又有些失望地说。

温迪听完哭得更伤心了，鼻涕眼泪一起往下流："那你还要离开我……那你还非要遵守什么三年之约……"

安格斯目光一冷，站起身来，沉沉地说："我有我的苦衷。"

温迪知道，他还是放不下他的前女友。她真想把真相告诉他，或许他会改变主意。但是，自己已经答应了派格，替她保守秘密，绝对不能说出来。

接下来的20天里，他们24小时腻在一起，珍惜最后的每一分每一秒。

终于到了要说再见的日子，安格斯那辆美国牌照的道奇汽车已经上了远洋货轮，行李箱也已经收拾好。

温迪开着自己的小车送安格斯去机场。大冬天的，她戴着墨镜，因为眼睛实在肿得不像话。

"我只有一个要求：保持联系。哪怕是作为普通朋友。"最后一次吻别后，温迪哭着恳求。

安格斯一步一回头地往安检处走去，温迪的眼睛被泪水侵袭，她不知道他们还有没有未来。

半个月后的一个早晨，门铃响起，温迪以为是送快递的。

她拿起听筒："您好？"

"是我。"安格斯的声音。

温迪赤着脚穿着睡衣跑了出去。天啊！她的安格斯就站在面前，她感觉就像做梦一样。

温迪一头扎进安格斯的怀里，她一边捶打着安格斯，一边埋怨他为什么不提前告诉她。安格斯搂紧她，宠溺地说："别闹了，赶紧进屋去，小心着凉。"

"你前女友怎么样了？"温迪一进门就急切地问。

"你这个家伙，居然那么早之前就偷偷跑去见我父母，你是迫不及待地想嫁给我吗？"安格斯答非所问，打趣她。

"一开始我只是想和你谈场恋爱，现在我是真的想嫁你。"温迪调皮地坦白。

　　"你到底有什么魔力，派格病得很重，可她拒绝我去探望。她居然说，如果我对她还有一点感情，请我遵循她的意愿，好好爱你。她说，我是在欺骗自己，我对她已经没有了爱情，有的只是同情，你才是我心里放不下的人。她还是跟过去一样了解我。"他把温迪赤着的脚放进自己的大手中暖着。

　　"我哪有什么魔力，只是因为，她是爱你的，她希望你幸福。"温迪低声说。她在心里对派格说："你放心，我会好好珍惜我们的安格斯的。"

谢谢自己够勇敢

——"我以为我们会有将来。"

——"是你亲手毁灭了我们的将来。"

这是吉勒与埃尔温的最后对话。

随着门"砰"地关上的声音，吉勒的心猛烈地震了一下。那个对她爱护有加、一往情深的男人，终于离开了她。这是吉勒一直以来最担心的事。她害怕有一天会这样，没想到真的会这样。

吉勒是在国内某汽车公司上班时认识的埃尔温。一切就像老天安排好似的，他们从看到对方第一眼时，眼神就交汇在一起，然后迅速进入了甜蜜的恋爱状态。

埃尔温回荷兰以后，吉勒继续留在国内工作。经过长达四年的跨国恋，吉勒终于决定来荷兰团聚。

埃尔温是个好男人，无论从哪方面来说，都没什么可挑剔的。他对吉勒柔情似水，照顾得无微不至。

吉勒心里明白，她等了三十年，才遇到这个心仪的男人。但是，要说吉勒辞职移民前没有犹豫过，那也是骗人的。毕竟，放弃一份不错的工作远嫁，是需要勇气的。

埃尔温坦诚地告诉吉勒，来荷兰以后，她也许找不到像在中国那么好的工作。

欧洲的就业形势，本就不如中国机会多，加上语言、竞争等诸多问题，找不到工作的可能也是有的。但是，两个人都不想再这样两国分居，飞来飞去了。为了爱情，有些东西，只能放弃。

过来定居的第一年，吉勒忙着学语言。第二年，她开始找工作。她投出了几百封邮件，都如石沉大海，杳无音讯。

三年过去，联系过吉勒的公司都是一些夜班或是周末工，待遇也不算好，她无法接受那样的工作时间，也就一直没有出去工作。

在国内，吉勒是在大城市外企工作的白领；而在荷兰，她就是个无业人士。

巨大的落差，让吉勒很是烦躁。她从精致优雅的白领风格，到现在的拖鞋家居服，变得越来越邋遢。

201

埃尔温并不在意她的穿着打扮，倒是吉勒自己嫌弃自己。埃尔温担心她闷得慌，让她出去走走，她说没心情；带她参加聚会，她不愿意去，说没合适的衣服和鞋子。

埃尔温说："那我们去逛街买衣服吧！"

她不耐烦地摇摇头："我天天在家，家庭主妇一个，买了衣服也没有场合穿。"

吉勒其实早就注意到了自己的变化，她变得易怒、敏感，总觉得活得窝囊。上了十几年的学，最后连个工作都找不到。想到这一点，她就憋屈得厉害。

埃尔温理解吉勒的处境，他尽自己所能帮她化解心结。平时，他注意帮她分担家务；躺在床上，他会跟她长谈。

可是后来，吉勒明显对跟埃尔温谈心表示抗拒。她整天抱着手机，四五种社交软件频繁切换回复，没时间搭理埃尔温。

埃尔温摔门而出的那一天，导火索也是手机。

"你已经上瘾了，知道吗？你干脆跟你的手机结婚得了。"吉勒从吃完晚饭到睡觉，就没停过玩手机，埃尔温有些不高兴。

吉勒所有的委屈一下子喷涌而出："不是为了你，我怎么会跑到这个无聊的地方，连工作都没有，不聊天我能干什么？我不快乐你知道吗？三年来我从没有快乐过。"

这句话对埃尔温造成了严重的伤害。他觉得自己尽了最大努力，就是为了让吉勒开心，可是吉勒竟然从来没有快乐过。他所有的努力都是无用功，这个实诚的汉子，真的伤心了。

埃尔温红着眼睛对吉勒说："既然我给不了你快乐，我们再在一起就没有意义了。"他简单收拾了行李，往门口走去。

吉勒冷笑："我抛下父母追随你，我以为我们会有将来。"

"是你亲手毁灭了我们的将来！"

吉勒想留住他，但骄傲让她张不开口。她听着门"砰"地关上的声音，听着汽车发动绝尘而去。

吉勒蜷在沙发上号啕大哭了一场。除了窗外偶尔疾驶过的车辆，寂静的夜里，就只有她的哭声。

小白猫走过来，在她腿上蹭了蹭。这只小猫，是埃尔温怕她烦闷买来送给她的。她不由地想起埃尔温的各种好。是的，她的消极怠惰，她的情绪堆积，在一点点地毁灭着自己，毁灭着他们本应幸福的生活。

她想起他的建议："我知道工作对于你很重要，但我们在一起难道不是更重要吗？工作慢慢找，迟早会有。就算真的找不到，做全职太太有什么不好？培养一两个爱好，日子就会有滋有味一些。"

可是，没有工作，吉勒无法有滋有味地过日子，因为她天生就不是做全职太太的性格；没有工作，她不开心，埃尔温也开心不起来。就算这次能和好，那以后呢？两个人的爱情，迟早会被日常的摩擦扼杀。

想到可能会永远失去埃尔温，吉勒的心一阵抽搐地痛。为了维护爱情，吉勒决定向现实妥协。她不再做白领梦，不再执拗于一定要找一份朝九晚五的工作。

第二天，吉勒梳洗了一下，小心地把自己很久没用的车子从车库开出来，去当地文化中心报名，开中国厨艺课。她曾经拒绝了这份工作，因为工作时间总是晚上。

她暗暗下决心，哪怕只有一个学员，她也要情绪饱满、不遗余力地面授。

第一批学员，招到了四个，比吉勒预想得要好。第二批就有了十个，后来的每一批都在十个以上。

好多人学完，觉得中国菜很好吃，做起来也很有意思。他们有活动或是朋友家有聚会的时候，就会请吉勒去帮忙做饭，薪酬按人数和时间来算。

　　吉勒发现这是个不错的商机，她热情高涨，不管多远，都乐呵呵地去帮人做饭。

　　渐渐地，吉勒做中国菜的口碑越来越好，知道她的人越来越多。她差不多每天都有预约，干得太累了，她干脆又把另外两个没有工作的中国女孩拉伴入行。她负责厨艺培训，另外两个女孩负责去别人家提供热食服务。

　　处于忙碌状态的吉勒，已经顾不上挂念埃尔温了。

　　几个月来，埃尔温打过几次电话，借口问小猫怎么样，院子里的草坪有没有修理。吉勒知道，他是想回来，可是好强的她，就是不给他台阶下。

　　没有埃尔温的家，冷冰冰的。有一天吉勒忙到很晚回家，冰箱里空荡荡的，什么吃的都没有了。

　　以前，都是埃尔温操心，买她爱吃的食材，让她做中餐。冰箱里从来没缺过冰激凌，因为那是吉勒的最爱。

　　她心一酸，拨通了埃尔温的号码："你打算永远不回来了吗？"说完她就挂断了电话。

　　埃尔温回来的那天，吉勒正在忙碌着往脸书上上传厨艺课的图片。她的伙伴们宣传得不错，现在好几十人的大聚会也联系她们，问她们能不能负责饮食这一块。

"回来啦。"她似笑非笑地看了一眼埃尔温，"不走了吧。"

埃尔温嗔怪地看了她一眼，把外套脱下来，挂在衣帽架上。

小别胜新婚。两个人一番亲热之后，早已忘了几个月前要分手的事情。

"我们现在人手明显不够，好多规模大一点的聚会就没法接单。总这样找人加入，不好管理。我打算去考个饮食经营许可证，成立个小公司，你觉得怎么样？"

埃尔温虽然对她在做的一切不太了解，但看她兴致如此高昂，他自然是支持的："明天我陪你去报名。"

培训六个月以后，吉勒拿到了经营许可证。她的小公司只有一间办公室，两个工作间。她又雇了两个人，扩大了业务范围：提供外送服务。

吉勒一边继续做厨艺培训，一边负责公司的大小事情，还要兼顾广告工作。虽然这个小公司利润并不高，但她要投入十分的精力去打理。

完全没有经验的吉勒一切从头摸索。公司开张的第三个月，吉勒遇到一个沉重的打击：食品安全部门突击检查，吉勒的公司卫生没有达到标准，被罚款并勒令停业整顿一个月。

吉勒急得脸都白了，开公司从银行贷的款要还，员工的工资要发，现在居然要罚款还要停业！

幸好，她的厨艺培训和上门服务还可以做，埃尔温又支援了她一些，帮她渡过了难关。

这次以后，吉勒管理得更加小心谨慎了，5个人的小公司渐渐走上了正轨。

一个理工科专业出身的，转行做了厨艺培训和饮食服务，还做得有声有色，看来吉勒真的做不了全职太太——用埃尔温的话说，她就是个工作狂。

"因为必须努力工作，整个人都精神了，整个状态都是愉悦的。"吉勒说。

现在的她什么都有了。有了小小的事业，她不再感觉无聊和失落，不再莫名其妙地窝火。只要她快乐，她相信埃尔温永远也不会离开她。

因为爱情，她漂泊异国；因为没有工作，她憋屈不甘；因为沮丧沉沦，她差点失去了爱情。

吉勒这个勇敢的女子，最终用脚踏实地的劳动，走过了她人生的低谷期，拯救了自己的内心，从而也拯救了爱情。

"处于人生最低谷的时候，最忌讳的是沉湎其中郁闷纠结。要接受现实，跟自己妥协，寻找切入点。只要踏实去做，就会有突破。人生的低谷期，其实也孕育着希望和机会，因为你只要付出一点行动，你就在进步，就会比最低谷的时候处境要好。"这是吉勒在挣扎后总结出来的宝贵经验。

高速路上的邂逅

阿伽塔是波兰人，却有着俄罗斯美女的样子。深蓝色的眼睛像一汪潭水，长长的睫毛随着眼睛的眨动忽闪着，双颊饱满紧致，嘴唇薄薄的，带着一丝调皮的倔强。

大学毕业后，她在波兰首都华沙的一家银行里谋得一个小职员工作。家里有一个弟弟和一个妹妹，母亲是家庭主妇，父亲是普通工薪职员。一家五口过着小康生活，并没有多余的钱供一家去各地旅游。

但她没想到，一次意外中奖，帮她实现了全家出游的愿望。

暑假到来，阿伽塔想带着弟弟、妹妹和父母一起去旅行。可是她才工作一年，没什么积蓄。每周，她买一次彩票，然后满怀期望地看着屏幕上的大奖揭晓。

好运气总是特别偏宠执着的人。阿伽塔刚刚买了几周彩票，幸运之神就光顾了她。当她和妹妹看到中奖周末游的是她们一家的时候，两个女孩高兴地在床上又蹦又跳。

说走就走。全家人马上打点行装，制定路线。一家五口，一辆有些破旧的大众车。车里轻柔的音乐，透过车窗飘出去。

7月的西欧，相当于北京5月的天气，不冷不热，是出行的最佳时段。

晚上十点多，晚霞收起它最后的一抹血红，黑暗开始从四面笼罩过来。车子一路向南，朝德国、瑞士、奥地利三国交界的康斯坦茨湖区驶去。

姐弟三人正兴高采烈地讨论着第二天要去吃什么美食，却闻到一股电线烧焦的煳味儿。

汽车抛锚了。

没办法，他们只好冒险让车子滑行到应急车道，从后备厢里拿出紧急告示倒三角，放置在车子的前面和后面，再穿上鲜亮的反光衣，以期能保证安全。

在这人生地不熟的高速路上，真是叫天天不应、叫地地不灵。更可悲的是，这一家除了会说波兰语、能听懂俄语以外，不会任何其他语言。如果是白天，还可以求助路人，可这大晚上的，灯光昏暗，也许都没有多少人能注意到他们。

阿伽塔想打电话给在波兰的同事，让他按照导航上的地址，帮她向荷兰的警察求助。那个同事英语说得不错，应该没问题，可是电话始终无人接听。

百无聊赖地等了大约两个钟头后，已是深夜。温度越来越低，他们已经把行李箱里所有可以抗风的衣服都穿上了，还是有些冷。

弟弟和妹妹蜷在车里睡着了。阿伽塔陪着父亲，站在车旁边等待好心人的救援。

一辆辆车飞速驶过，坐在副驾驶的人好奇地瞥他们一眼，车子就已经在100米开外了。

一辆7座的大众汽车从他们身边开过去，却在100米以外的地方，驶进了紧急车道，然后开着双闪，小心地倒行。

阿伽塔仿佛看到了希望。她眨巴着大眼睛，盯着缓缓驶过来的车。车子停稳，走下来一个高大的男人，看上去30岁左右。

他用荷兰语问他们车子有什么问题，他们用波兰语解释车子抛锚了，能不能帮忙报警，彼此完全无法沟通。阿伽塔结结巴巴地试图用俄语解释，可男人根本听不懂俄语。

阿伽塔只好用动作示范。她从父亲手中抢过车钥匙，递到男人手里，作势让他启动。男人终于明白了问题所在。

男人麻利地去自己的车里取来工具箱，打开引擎盖。一阵忙乱之后，他再一次坐进车里，"啪"，车子又发动起来了。

阿伽塔的眼睛，在黑夜里格外闪亮。她拿出纸笔，请求男人留下联系方式。

男人憨厚地笑着，"唰唰"写下了自己的姓名和电话号码，然后又写上了"Holland（荷兰）"这个单词。

阿伽塔看着他写字的手，这是一双劳动的手，结着粗厚的老茧，手指的纹路里还有残存的污迹。

男人在一家人千恩万谢中开车离去。他听不懂他们在说什么，只是温和地微笑，跟他们挥手再见。

康斯坦茨湖清澈见底，蓝天白云绿树倒映其中，让人心里格外纯净。微风吹过湖面，荡起层层涟漪，一家人的身影，在水中摇曳。

阿伽塔的心里，就像那一池碧水，也有一个影子在摇曳。那个给他们修车的敦厚淳朴的男人的影子，牢牢地印在了她的脑海里，驱不散，赶不走。想起他的笑，她如沐春风。在她眼里，他修车时的动作，是那么性感迷人。

他是做什么工作的呢？阿伽塔在心里猜测。她决心联系上他，她想了解他，想知道他生活的样子。

　　这是第一次，她迫切地对一个男人感兴趣，而且是一个在德国偶遇的荷兰男人。

　　回到波兰，阿伽塔做的第一件事，就是给这个男人发信息。她用波兰语写下一句话："非常感谢你慷慨的相助，因为你，我们才不至于在高速路边风餐露宿。"然后用谷歌翻译成荷兰语，再照猫画虎地输入进去，署上自己的名字，给男人发了过去。

　　几分钟后，男人回了信息，是波兰语："非常荣幸能够帮忙。请不用记挂在心上。"

　　阿伽塔笑了，这家伙，一定也是用谷歌翻译的。虽然句子不够准确，但勉强能够看懂。

　　两个人一发不可收拾，就用这种方式，隔着广袤的德国，用对方的语言，来来回回地聊了几个月。

　　她知道了他的住址，知道了他经营着一个修车行，知道了他比自己大十岁，未婚，没有女朋友。他知道了她刚刚大学毕业一年，在银行工作，她向往外面的世界，她的理想是旅行和享受生活。

　　等到阿伽塔的手机提醒她，必须删除一些信息才能接收新的内容时，她才注意到他们已经聊了几千条。

　　她决定去荷兰看他。他说欢迎，他到机场接她。

　　他带她参观他工作的车行，带她去看他住的农场。对于在华沙长大的阿伽塔来说，一切都是那么陌生，但是她喜欢这一切。

　　再次离别，两个人都有些不舍。他们约定，每周至少视频一次。

　　时光荏苒，转眼又是一年过去。男人问她，可不可以做他女朋友，阿伽塔毫不犹豫地答应了。

　　可是，一向支持她的父母不乐意了："你愿意放弃银行的工作，嫁给修车的？你们俩语言不通，难道你要一直用谷歌翻译来过日子？他的父母都是农民，你确定你能习惯住在农场的日子？你对他不知根不知底，被骗了怎么办？"

　　阿伽塔振振有词："我本来就不喜欢银行的工作，天天跟数字打交道，我想自由。至于语言障碍，我可以自学荷兰语。等我们结婚了，就住在我们喜欢的地方。他不会骗我的。"

　　最后一句，她说得尤其自信。

　　她就这样，带着简单的行李，来到了荷兰。

　　爱情的力量是巨大的。裸辞工作来到荷兰的阿伽塔，用了五年时间，一边学荷兰语，一边打理他们的房子。她的荷兰语虽然有一点波兰口音，但是语言的纯熟程度，已经和当地居民差不多了。

　　他们在农场的房子，经过阿伽塔的精心设计，变成了一座超现代的小别墅。将近2000平方米的院子里，绿草如茵，鲜花遍地。紧连着宽敞明亮的客厅的，是一间家庭健身玻璃房，玻璃房外面，是一个简易的游泳池。

　　男人接受了阿伽塔的建议，将自己的修车行转让了出去，在附近的小城重新租了一个车行，卖韩国出产的现代车。

　　他是个很有经营头脑的人，车行连续三年在荷兰销量第一。

　　生意好，自然会忙一些，他一周工作六天，周日休息时，就听从阿伽塔的指挥，除草、剪枝、浇水，干各种家务活。不过，他一点也不觉得辛苦。

　　"这辈子最幸运的事，就是遇到她。她会设计，审美又好，没有她，我哪有现在这个温馨的家。"男人总是这样，真诚地跟朋友们说。

　　"我的爱情居然是在高速路边'捡到'的。感谢那一场邂逅，如果我家的车子当初没有出状况，我跟他就没有相识的可能。"阿伽塔则经常这样跟朋友们说。

　　如今的阿伽塔，可以随时去旅行。在家的日子，她健身、跳舞、整理屋子。周末的时候，她常常跟几个波兰女孩一起去酒吧。

喝了酒是不能开车的，所以男人负责接送。不管深夜几点，只需一个电话，他就能很快出现在她需要的地方。

得夫如此，夫复何求？

阿伽塔一家，是我和先生的好朋友。我在北京的时候，先生来看我，他们夫妻曾4次跟随先生一起来北京。后来，我们又一起去了波兰和美国旅行。一直想写他们的故事，如今终于圆了心愿。

我不想在感情里委曲求全

虽然在乡村长大，但伊利娜并不喜欢侍弄花花草草。她老公杰德反倒特别喜欢，每次出差，他都会带回来一两种花木，没事就开始捣鼓他们的小花园。

最近杰德特别忙，经常出差，伊利娜只好替他照顾他那些心肝宝贝。天气有些闷热，伊利娜在衣袖上揩了下汗，继续给花松土。

"杰德回来，一定会很开心地感谢我把园子打理得这么好。"想到杰德，伊利娜咧嘴笑了。

他们结婚刚刚一年，恋爱时那些美好的时光还深深印在伊利娜的脑海里。

杰德沉稳干练，颇有绅士风度。而伊利娜却像只小鸟一样，叽叽喳喳说个不停，跟她工作时的状态完全不同。

伊利娜是布鲁塞尔刑侦警察，抓歹徒，擒罪犯，她参加过无数次。警服一穿，工作时的她就变得不苟言笑，雷厉风行。可与杰德在一起时，她就是一个邻家女孩的样子，温柔美丽，小鸟依人。

"业余时间，我只想做你的妻子。"她深情地对杰德说。

年初布鲁塞尔发生了恐怖袭击案，伊利娜被临时调到反恐小组，工作压力骤然加大。即便如此，结婚以来，他们仍甜蜜有加。哪怕是短短半个小时的午饭时间，伊利娜也要给杰德发信息，跟他聊会儿天。

"亲爱的，我在吃午饭了。谢谢你帮我准备的汉堡。"伊利娜在信息后面，加上几个拥抱的表情。

"我也在吃午饭，在我们以前经常一起去的那家餐厅。你记得吗？他们家有你最喜欢的奶昔。"杰德很快回复。

"当然记得啊。那时候，我们常常分一个汉堡，吃一份薯条，同喝一杯奶昔。周末我们一起去哦。"伊利娜雀跃地回复。她很久没和杰德一起吃午餐了。上大学那会儿，他们可是天天在一起吃饭，真是幸福。

"好的，我要工作了，晚上聊。"杰德结束了会话。

"伊利娜的身材太完美了。唉，可惜已经名花有主了。"坐她对面的同事，看着她拿着饭盒走出去的背影，半开玩笑得对旁边的队友说。

队友一脸鄙夷地看着他："你敢当面跟她说这句话吗？赌今晚的晚饭。"

"一言为定。"同事转头，"伊利娜，如果你哪天单身了，告诉我，我追你。"

伊利娜咬牙切齿地拿起书，作势要打："呸呸呸，狗嘴里吐不出象牙。你追我？你有我家杰德那么好的脾气吗？你有他那么帅气的脸庞吗？最关键的，你有他那么温暖的笑容吗？"想到杰德的笑容，伊利娜一脸幸福地回到了自己的座位上。

"啧啧啧，恋爱中的女人最可怕。不过我可提醒你，什么事情都有可能发生的哦。"同事不识趣地加了一句。

伊利娜不再搭理他。她戴上耳机，听起音乐来。这些歌，都是杰德推荐给她的。听着音乐，她就感觉好像跟他在一起，哪怕手里的工作是追查十恶不赦的罪犯，生活也还是十分美好的。

再过几天，就是他们结婚两周年的纪念日。好久没有好好陪他度假了，伊利娜决定给杰德一个惊喜。

她在网上订了一个罗马的周末游，兴致勃勃地给杰德打电话：

"亲爱的，周五请一天假好吗？三天的大周末，我已经安排好了活动。"

"不行啊。不光周五，周六我还要加班呢。不过周日我可以陪你。"杰德的语气充满了歉意。

"好吧……"

周六是我们的结婚纪念日，难道他忘了吗？伊利娜失望地退了行程，难过得快要哭出来了。不过，她很快就说服了自己。毕竟工作才是最重要的，如果自己临时要加班，不也是没办法的事吗？

杰德是证券投资顾问，以前很少加班，最近工作突然忙起来了。从什么时候开始的呢？应该是从伊利娜调离岗位，参加反恐计划那段时间。

由于伊利娜的工作需要严格保密，他们在家里的话题就有了限制。他们约法三章：不问对方的工作内容，不把工作带回家里，尊重对方行踪路线的隐秘性。伊利娜觉得这是理所当然的，可杰德似乎对这些规定有些不舒服。

起早贪黑的工作，让伊利娜对杰德心生愧疚。她想念学生时代一起手拉手散步的日子，可是职责压在肩上，让她不得不像上紧了发条的时钟一样，机械地往前走。

这一天，工作告一段落。伊利娜绷紧的神经终于放松下来，心情非常愉悦。午餐时间，她问杰德："亲爱的，今天还是在那家餐厅吃午饭吗？"

"是啊。我点了一份炸鸡，要了番茄酱，还有一杯啤酒。天气真好，可惜你没空出来吃饭。"杰德说。

伊利娜感动地挂了电话，看看外面阳光明媚，她忽然起了兴致。开车过去，也就十五分钟的路程，她想去看一眼杰德，突然出现在他面前。哪怕这样会耽误了她吃饭，也是值得的，她想象着杰德看到她时吃惊的样子，忍不住在心里偷笑。

伊利娜拿起车钥匙，风一样地冲了出去。一路顺利，她在那家餐厅对面停好车，蹑手蹑脚地从窗子向里面张望，想看看杰德坐的是不是他们以前常坐的那张靠角落的桌子。

是的。正是角落里的那张桌子，杰德面前的啤酒还没喝完。他并不是一个人，他的对面坐着一个女孩。那个女孩伊利娜认识，是杰德公司的同事。

伊利娜没有进去。她有种预感，这种情况，她进去不是惊喜，而是有些尴尬。

她悄悄地退回了车子里，默默地开回了办公的地方。

下午，伊利娜有些心神不定。她骂自己想得太多，杰德怎么会是那种人？自己一直那么信任、那么深爱的杰德，绝对不会背叛婚姻，不会伤害她的。可是，女人的第六感又告诉她，事情好像不是这样的。

"今天中午，你是一个人去吃午饭的吗？"晚上回到家，伊利娜问杰德。

"怎么想起来问这个？我和公司的萨拉一起吃的午饭。她让我给她做一个新客户分析。她接触这个行业不久，好多方面还不是太熟悉……"杰德犹豫了一下，回答道。

"没事，我只是随便问问。"杰德那么认真地解释，让伊利娜觉得怪怪的。

最近一段时间，两个人似乎有了点距离。杰德不再喜欢跟伊利娜天南地北地聊，晚上回来，也总是抱着本书不松手，或者倒头就睡。伊利娜心头也有些疑云，不再像过去那样在他跟前叽叽喳喳地说个不停了。

伊利娜决定找个时间好好跟他促膝长谈一番。那么多年的感情，可千万不要败在自己的疑心上。两个相爱的人，突然有了隔阂，这就像鞋子里有个石子，硌得她生疼。

感恩节的前一天晚上，伊利娜提早收工，她买了一大把香气馥郁的玫瑰。杰德还没有回来，屋子里冷冷清清的。她没有开灯，坐在梳妆台前想着心事：如果是自己多心了，那我就把玫瑰送给他，坦白自己这几天对他的怀疑，让他狠狠嘲笑我，然后明天给他做一桌子他爱吃的饭菜。

杰德打开门在屋里走了一圈，才发现坐在黑暗里的伊利娜，不由吃了一惊。

"你今天回来得好早。"他的语气里有嘲讽的味道。伊利娜竟然无话可说，最近加班，自己通常都是半夜回来，确实冷落了他。

"杰德，对不起……"伊利娜嗫嚅着，"我想问你一件事……"

"不用问了，前一段时间，你总是早出晚归，我们连说话的时间都没有。我现在正式告诉你，我确实犯了错误，我没有禁住萨拉的诱惑……"

伊利娜摔门而出。失望像兜头泼下的水，裹挟着她，让她喘不过气来。事实上，她早就有了正确的预感，只是一直不愿意承认。她宁愿骂自己多疑，也不愿意相信这个事实：她那么深爱的杰德，竟然也会背叛他们的感情！

"伊利娜，你听我解释，不是你想的那样……我是爱你的。"杰德恐慌无助的声音传过来，伊利娜只管往前飞奔。

房间里，剩下垂头丧气的杰德和那束鲜艳欲滴的玫瑰。杰德捧起玫瑰，紧紧地抱在了怀里。

几个色彩鲜艳的热气球飘在浅蓝的空中，小雏菊在微风里轻轻摇曳，一只蜜蜂嗡嗡叫着落在夹竹桃新开的粉色花瓣上，邻居老人的狗有一搭没一搭地叫上几声。

热气渐渐消散，夕阳温情地洒落在田野山林间。

两只归巢的老鸦直愣愣地拍打着翅膀，撞进院子旁边的老树冠里，吓了伊利娜一大跳。

回到父母住的乡村别墅，伊利娜的心情并没有随着清幽的环境沉静下来。她的心还在慌，她不知道下一步该怎么走。

手机铃声响起，杰德的头像出现在手机屏幕上。曾经那么温暖的笑容，此刻看起来极富讽刺意味。

伊利娜忽然怒从心头起，她举起父亲劈柴的斧子，手起斧落，半新的手机屏幕顷刻间碎成蛛网状。

一家人沉默地吃着感恩节的晚餐，家里的座机突然响起。伊利娜咬紧嘴唇，缓缓地站起来。她知道，一定是杰德。她拿起话筒，挂断。坐回到桌边，完全没有了胃口。

父亲看着憔悴的女儿，抓起外套："我去找他谈谈。"

"我自己的事，我自己会解决好的。麻烦你们不要介入好不好？"伊利娜吼着，眼泪流了出来。

母亲偷偷拽了拽父亲的手，示意他坐下。她知道，只要伊利娜哭了出来，就会好很多。

在面对歹徒的时候，伊利娜不曾惧怕，也不曾踌躇。真刀真枪对抗的时候，她勇敢得像头狮子。

可是，在自己破裂的感情面前，她不知所措了。她想过给杰德一次机会，毕竟，他们有过那么多美好的回忆。

但是，她做不到。她不是能委曲求全的人。

最终，不管杰德如何道歉，如何请求原谅，伊利娜还是决定离婚。碎了的心，没法粘补。破镜重圆，终归还是有裂痕。

她记忆中的杰德，青春洋溢。他们手拉手，分吃一个汉堡，喝同一份饮料。没有秘密，没有欺骗。她记得婚礼上，他给她戴上戒指，发誓要一辈子对她忠诚。

她要的，是一段没有瑕疵的感情。现在的杰德变了，他不再是当初她爱上的那个大男孩了。

几个月过去，伊利娜的伤口才渐渐愈合。又是一年情人节，几个单身汉还在加班。

"你说，我现在可以追她了吗？"坐在伊利娜对面的同事轻声问他的队友。

"拉倒吧，都怪你一语成谶。她不恨你就算是你的运气啦。"队友白了他一眼。

"不试试怎么知道呢。"坐在对面的同事小声嘀咕。他站起身，从包里掏出一盒心形巧克力，放在了伊利娜的座位上。

你是我这辈子认定的新郎

"沐儿姐，看一下我新买的发卡，好看吗？"泰勒眨巴着大眼睛看着我。

"好看。"我笑着说。

淡雅的蓝色，配上她一袭白裙，清新别致。

"可是，你为什么如此偏爱梳这种发型呢？"我不解。

泰勒喜欢一切美好的小物件，衣服、鞋子、口红，她每天变着花样搭配，就连耳钉都有十来对。

但她的发型，从我认识她那天起，自始至终没有变过：把头发分成4股，再仔细地编成麻花状。

泰勒的目光暗了一下："他说过，他最喜欢我把辫子编起来。"

"不土吧？"她随即又仰起脸来，有点担心地问我。

当然不土，像泰勒这么漂亮的女孩，什么发型都可以。

泰勒口中的他，是和她青梅竹马一起长大的罗凡。

小时候，罗凡的爸妈工作忙，经常把罗凡托放在泰勒家里。

两家住在同一个大院，加上泰勒的妈妈是幼儿园老师，放学的时候，就顺便把两个娃娃都带回了家。同事们常常开玩笑，说泰勒的妈妈已经给闺女物色好了女婿。

罗凡的爸妈经常很晚才回家，他就跟泰勒一起吃饭，一起洗澡。等到爸妈来接他时，他已经躺在泰勒的小床上睡着了。

从幼儿园到小学，直至高中，泰勒和罗凡就这样相互陪伴，一起茁壮成长着，似乎以后会成为天生注定的一对儿。

然而，天有不测风云。高二那年，罗凡爸妈在一场大吵后，离婚了。罗凡选择了跟妈妈，但这也意味着，他要跟着妈妈搬离这个大院。

"世上没有不散的宴席。这个大院里，留给了我很多快乐的回忆，大多是关于你的。至于我自己的家，吵闹纷争不断。你不用为我难过，他们离婚，我觉得对他们彼此是一个解脱。搬出去，我也许会呼吸顺畅一些。"罗凡在微信上安慰泰勒。

"只是，我会很想你……"这句话，他打出来又删除，打出来又删除，最终没有发过去。

搬家那天，泰勒一家来送别。泰勒送给罗凡一本影集，里面是两个人从幼儿园到小学时期的合影。

坐在车里，翻着影集，看着泰勒的小辫，罗凡想起了小时候他给她梳头，却总也梳不好的情境，眼眶不禁湿润了。

"泰勒，我还是最喜欢你扎小辫的样子。"发过去这句话后，他忍住泪，合上影集，装作闭目养神。

高中毕业前，两个人约定考南方的同一所大学。可是，罗凡却因几分之差落选。为了能和泰勒在同一所城市，罗凡放弃了其他可能，选了泰勒所在城市的一所三流大学。罗凡妈妈为此伤心欲绝，总说"儿大不由娘"，看罗凡时，眼神里都是哀怨。

"现在，我们终于自由了。"收到录取通知书以后，两个人欢呼雀跃。

大学，一切都是新奇的。罗凡的学校在郊区，但每个周末，他都起个大早，搭公交去市区里找泰勒。

"想吃什么，我带你去吃。"他总是这样问泰勒。这些钱，是他从每天的生活费里省下来的。离婚后，爸爸总是拖欠他的抚养费，妈妈拼命挣钱，想要给他好一点的生活，但心有余而力不足。

"好啊。我要吃清蒸鱼、猪肉丸子。"泰勒每次都说一个自己想吃的，再说一个罗凡喜欢吃的，她太了解他了。罗凡心里知道，也不说破，只觉得心里甜甜的。

吃完饭，泰勒总是抢着买单："你看看，你看看，我这个月还剩这么多呢。"她打开手机上的网银，给罗凡看余额。

泰勒高中时曾把头发剪短，现在头发又留起来了，又梳成了麻花小辫。

"好想吃我妈做的剁椒鱼头，饭馆里的总觉得味道不够。"一个周末，泰勒向往地说。

"馋猫。我会做，可是没地方啊。"罗凡的妈妈经常上夜班，罗凡为了照顾自己，练出了一手好厨艺。

"地方有啊。"泰勒一拍手。她的姑姑本来也住在这座南方城市里，这几年姑姑和姑父常年住在新加坡，房子空着。

从那以后，泰勒经常带罗凡来姑姑家做饭吃。他们从对面的菜市场买回新鲜的食材，罗凡负责主厨，泰勒做帮手。

有时候，他们也约同学出来，一起涮火锅，吃烧烤。大家一起动手做，一起刷碗，花销均摊，感觉特别有意思。

泰勒常常邀请的那个学生会主席是当地人，一表人才，能力超强。罗凡能看出来，他对泰勒有意思，但泰勒很快否认。

"你若是吃醋，下次我不喊他就是啦。"泰勒打趣。

"我吃哪门子醋，你又不是我女朋友，你只是我发小而已。"罗凡嘴硬。

那天晚上，泰勒哭了好久。

怎么样喜欢一个人，才会不想占有她，只想见到她？

罗凡对泰勒就是这样。自从爸妈离婚后，罗凡跟着妈妈相依为命，渐渐变得自卑起来。他喜欢她，但是他总觉得，她配得上更好的人。

大一和大二，他们每周见面，可他并不是她男朋友。他知道，泰勒一直在等他开口。

"罗凡，我想吃土豆泥，你会做吗？"

"只有你想不到的，没有我不会做的。你去沙发看电视去，一个小时，你就能吃到香甜软糯的土豆泥了！"罗凡自信满满。

"罗凡，我们学校有去欧洲的交换生项目，我想申请大三一年交换留学。"

罗凡正在削土豆皮，他顿了一下，问："你打算去哪所学校？"

"慕尼黑工大。"

刀削进指头，罗凡感觉不到疼，只看到鲜血往外涌。前几天，他听见那个学生会主席也说要去交换学习，也是慕尼黑工大。

"你怎么了？"听不到动静，泰勒过来一看，才发现罗凡正捧着他受伤的指头发呆。

那天晚上，泰勒还是吃上了喷香的土豆泥。

晚饭后，罗凡坐在回去的公车上左思右想。他上的那所三流大学根本没有交换生计划。他想起妈妈说，泰勒的妈妈想让泰勒本科毕业后出国读硕士。泰勒的妈妈几年前承包下了那个城市的另一所幼儿园，这些年收入不菲。

"也许，她跟那个学生会主席会有更美好的将来吧。"罗凡想。

晚上，躺在宿舍窄小的床上，他咬紧嘴唇，给泰勒发过去这样一段话："泰勒，从下个周末开始，我就不过去找你玩了。我有女朋友了，我想多陪陪她。去国外的时候，要照顾好自己。"

他缩在床角啜泣，生怕被室友看到。哭过之后，他删除了泰勒的一切联系方式。

泰勒自然知道，他哪有什么女朋友。他的小心思都躲不过她的眼睛，她后悔没有主动捅破那层窗户纸，这个罗凡，内心里居然这样自卑。

联系不上，泰勒坐立不安。即使是在高中，罗凡搬走之后，他们也没有断了联系。

十几年了，她已经习惯了跟他倒苦水，有什么事都一起承担。第一次，她体会到了孤独的滋味。

打车赶到罗凡的学校，泰勒却不知道去哪儿找他。快两年了，都是他去看她。她曾说过，要来看看他的学校，可是他总说，这所学校没什么好看的。泰勒身体弱，罗凡心疼她，不舍得她来回奔波。

问了好多个同学，都没有人认识罗凡。泰勒怅然若失，只好失魂落魄地回到自己的宿舍。

暑假去欧洲之前，泰勒去罗凡家里找他，可罗凡妈妈告诉她，罗凡说他暑假要勤工俭学，就不回来了。

我在慕尼黑认识泰勒的时候，她已经快一年没有罗凡的任何消息了。但她说，回去后掘地三尺也要找到罗凡，就算他真有女朋友了，也要把他抢回来。

"他本来就是我的。我们从小就玩过家家的。"泰勒坚定地说。

泰勒后来没有再出国读研。大四的时候，她告诉我她找到了罗凡："沐儿姐姐，我会找个机会跟他表白，给我加油吧。"

后来我们就没再联系，直到今年8月份，泰勒给我发来他们的结婚照。照片上的泰勒笑得跟花一样，轻倚在一个瘦瘦高高的大男孩的臂弯里。

"沐儿姐姐，我们要去欧洲度蜜月，9月9日会在慕尼黑举行一个小规模的新婚派对。你可一定要来哦。"

派对那天，从下午六点到晚上子时，6个小时的聚会，泰勒准备了三身衣服。一件素雅的旗袍、一条大红的鱼尾裙和一件西式礼服，可发型竟然还是麻花辫。泰勒的胸部很大，鱼尾裙的拉链很难拉上去，她只好请我帮忙。

"要不别穿这件了呗。"我说。

"不行啊，我没有这边妹子的大长腿。想要在派对上不被宾客比下去，必须以服饰取胜——颜值不够，衣服来凑，我可不想让罗凡觉得洋妹子比我漂亮。"

勇敢的泰勒决定真空上阵。去掉了内衣的厚度，拉链终于顺利拉上。

其实，从罗凡的眼神里我能看出来，不管泰勒穿什么，在他眼里，她都是最漂亮的那个女孩。她的麻花辫儿，永远是他的最爱。

因为他，我爱上了旅游

认识莫莉，是在瑜伽馆。她把瑜伽服穿得那么超凡脱俗，我一眼就喜欢上了这个眉目清秀的姑娘。

瑜伽馆只有我和她两个中国人，每次休息的时候，我都抢着给她买咖啡，丝毫不掩饰我对她的喜爱。

她笑的时候，眉眼弯弯。可就是这么一个安静的姑娘，已经自驾游遍欧洲十国，也曾开着房车，和另外一个女生一起，驶过了广袤的美国西部。

"我是因为他，爱上的旅行。"她的眼里并没有悲伤，我却莫名心疼。

莫莉家境优渥，大学毕业的那个暑假，父亲附庸风雅，让她来场毕业旅行。

"你可以八月份跟我们一起去意大利，也可以单独行动。这是你的毕业旅行，所以一切由你做主。"父亲说。

"嗯，我好好考虑一下。"莫莉知道，父亲虽然口头说一切由她做主，但主观上并不支持她单独行动。

其实，莫莉彼时并不热衷旅行。意大利，以后去欧洲留学的时候，应该还有机会去。想了想，她决定去西藏，那是国内她最想去的地方。

她看过许多关于西藏的图片和资料，那里的天空很低很蓝，纯净的湖水，执着的信徒，都让她心生向往。

八月初，父母飞往欧洲的那天，莫莉登上了去西藏的客机。

飞机抵达拉萨的时候已近黄昏。莫莉在宾馆稍事休整，就往布达拉宫广场走去。

夏季里的拉萨白昼很长，此时夜幕刚刚开始降临，街道上仍然车水马龙。

莫莉在广场上漫步，音乐喷泉开始了，夺目的彩光打在喷泉上，不断变换着颜色和形状。

她拿着手机拍照，却见两个小伙子从她身边跑过去。跑在后面的，一边跑一边喊："站住"。她以为是男孩子们打闹，也没在意，仍然把目光专注在温泉上。

可不一会儿，后面的男孩气喘吁吁地跑回来，手里拿着她的钱包："那个小孩偷了你的钱包，你都不知道。幸好被我看到了。"他上气不接下气，脸上却带着一丝责备的意味。

莫莉讶然接过钱包，打开来看，里面的东西都还在，现金、银行卡、身份证。父亲非要让她带一大沓现金，多亏了这个小伙子，否则她今天可就损失大了。

她摩挲着手里的钱包，不知道该怎么表达谢意。给钱吧，太俗了。可就这样轻描淡写地说个谢谢，莫莉怎么都觉得过意不去。

"那个，我傍晚的飞机刚到拉萨，还没顾上吃饭。你陪我一块去吃点好不好。"莫莉怕他拒绝，赶紧加上一句，"我人生地不熟的，都不知道哪家餐馆好吃，你正好帮我介绍一下。"

小伙子明白她的意思，也没有拒绝。"广东菜，行不行？"他稍显稚气的脸上露出一丝羞怯。

"当然可以。我很喜欢吃广东菜的。"莫莉就是想感谢他，他说吃什么，自然都可以。

莫莉让小伙子点了两个菜，自己又加了一个，还点了很多点心。两个人边吃边聊。

　　小伙子叫K，九月份上大三。他用自己勤工俭学攒下来的钱，背包穷游，出来已经整整一个月了。

　　"K先生，你慢点吃。"莫莉见K狼吞虎咽的样子，忍不住提醒他。这个家伙，好像三天没吃东西了似的。

　　K有点腼腆："不好意思，让你看到了我的穷酸样。我出来一个月，除了路遇一位大哥请我吃了顿好的，我自己吃的最贵的，就是加了双份牛肉的兰州拉面。我们这些穷游的，都是能省一分钱是一分钱。口袋里只要还有点钱，就想再走得远一点。"

　　莫莉一点也不觉得他穷酸，相反，她很羡慕他的毅力和勇气。他的身上，有一股子放荡不羁的劲头。换作自己，没有充足的金钱做后备，根本不敢一个人出远门。

　　夜幕悄然拉合天际，满天的乌云也正在不经意间逐渐汇聚成规模。布达拉宫仿佛一位卧在红山之上的巨人，均匀地调整着呼吸，向下俯瞰人世的悲悯与光阴的转换。

　　从饭店出来，两个人慢慢踱步。K背着他的登山包，与身边打扮时髦的莫莉十分不协调，路人不时回头打量他们。

　　"给我讲讲你路上的故事吧。"莫莉喜欢听那些自己没有经历过的事，她猜得出，眼前这个男生一定有很多故事。

从哪儿讲起呢？ K 在心里想。该讲遇见的美景，还是搭不上车时的沮丧？是干粮吃完饿了很久终于看到一颗苹果树，还是在墓地沉沉睡了一宿醒来已艳阳高照？他决定讲最记忆犹新的一段。

"在苏州，去园林的途中，我突然被一位三十多岁的男人拉住了。他手里拿着几张免费按摩体验券，说是店里的任务要派送完，让我帮帮他。"

"我也经常遇到给我送体验券的人，但我向来是一口回绝。"

"我要像你这样就好了。我看一个大男人低声下气地求人，很是同情他，就答应跟他去体验。结果，那是一家黑店，服务完居然跟我要750块钱。我想报警，可是身边'呼啦'围过来好几个有文身的青年，架住了我的胳膊……"

"啊，太可怕了，你给他们钱了吗？"

"后来他们搜去了我身上仅有的150块现金，将我扔出店外。好在我的手机太老旧，他们看不上。那件事之后好久，我对陌生人都怀有敌意。不过后来，遇到了很多好心人，我的心又回暖了。"

"那你后来报警没？"

"没有。报警的话，会影响我的行程。"

"你当初真该报警的，就要让警察好好治理一下这些坏人。"

"吃一堑长一智吧，以后遇到这种事，我一定不会心软的。"

"你穷游的行程都是提前安排好的吗？"

"不是。随心。我一路往西北，走到哪儿是哪儿。有时候遇到其他穷游的人，我们也会结伴走一程。"

"那你为什么会来西藏呢？"莫莉很好奇。

"这是我第二次来西藏了。第一次是去年的暑假。那时我刚失恋，一个人踏上了没有目的地的旅行。途中听说西藏可以让人内心沉静，可以重新审视自己，就心仪神往地来了。来了，就爱上了这个地方。"

"我也喜欢西藏，总觉得它不同于其他地方，但又说不出到底哪里不一样。"莫莉老老实实地说。

"西藏有最美的风景，最执着的信仰。在西藏的每一刻，我都觉得，是一个生命在叩问和聆听另外的生命。有些地方你从来没去过，却觉得似曾相识，那么亲切，那么让人流连忘返。看到那些逆光下飞扬的经幡和喇嘛的微笑，听到那些好听的经文，喝到浓重的酥油茶，就心生莫名的欢喜。"

莫莉停下脚步，看看身边这个跟自己差不多年龄的小青年，忽然心生崇拜。他对生命的领悟，比自己不知道要深刻多少。

一阵风之后，雨滴落下来，这雨来势凶猛，两个人跟着人群飞奔起来。莫莉把她小巧的肩包放在头顶上，K先生变戏法似的从背包里拽出一件带帽子的防风衣，让莫莉穿上。

"这么漂亮的包，淋湿了可惜。"他一边跑一边对莫莉说。

"我淋湿了，就不可惜吗？"莫莉嗔怪说。

他嘿嘿一笑，没有作答。

到了莫莉入住的宾馆前廊，K先生伸出手告别："就此别过。"

莫莉急急地问他住在哪儿。

"平时，我会找避风的地方搭帐篷，今晚下雨了，我去找家青年旅社。"

莫莉提出就在这家宾馆给他开个房间，他摇头拒绝："你我素昧平生。而且我习惯了以自己的方式走完全程，你请我吃了家乡菜，已经很感激了。"

他扭头要走，莫莉追上去要了他的手机号码："明天早上，我联系你，明天一起四处走走吧。我还没听完你的故事呢。"

第二天见面之前，莫莉刻意穿了一套破洞牛仔，这样看起来，跟K先生的穿着比较相称。她轻盈地走在他身边，感觉心情跟拉萨的天空一样明丽。

这一天，他们聊了好多。他给她讲了路上遇到的那些愿意捎他一程的司机师傅们，请他吃饭的大哥，用馍馍招待他、临走还让他带上一些的苦行僧，专门给他做特色菜的当地人。

"真好。这些暖暖的经历，满满的都是回忆。"莫莉羡慕地说。

K先生却提醒她，这种方式，还是不太适合单身女孩。他看了她一眼，补充一句："尤其是你这种漂亮的女孩。"

听到他夸自己漂亮，莫莉心里像吃了蜜一样甜。她努力忍住，没有表现得太明显。

K先生接着说："旅行中，我可谓睡够了大江南北的'床'。有时候火车晚点，到达目的地的时候，就是凌晨两三点了，找不到地方住，只能睡24小时营业的'肯德基'或是'李先生'里面。我当过沙发客，到朋友家里或是同学宿舍住过，在火车站、草地上、广场上、坟堆里睡过，在5000多米海拔的山上睡过，在西藏当地人家里睡过……"

莫莉觉得这些太刺激了。虽然没有经历过，但她想，她会喜欢这样的生活的。

"但危险也很多。我在西安，差点被骗进传销组织，多亏我机灵，从后门逃了出来。在四川的时候，我不小心将烟头扔到旁边一个年轻人脚边，几个人过来就把我围住。幸亏餐馆老板出面相劝，后来老板告诉我，他们几个是当地有名的地头蛇，现在想起来还心有余悸。"

K先生还没讲完，莫莉就晃着他的胳膊："一个人还是有些不安全。下一次，我们结伴吧。"她眨着亮亮的眼睛，认真地望着K。

"能和你相识，已是缘分。以后的事，以后再说吧。我从不轻许承诺，因为世事难料。答应陪我一起来西藏的那个女孩，还不是食言了。"他浅笑着说，眼里有一丝落寞。

"可不可以问一下，你这一趟，大概得花多少钱？"

"我这次走了大概一个月。一共也就花了两千块钱左右。"K先生说。

莫莉百感交集，自己身上这个小肩包的价钱，就已经够他在外浪迹三个月了，她忽然觉得自己浪费得有些可耻。

"你接下来的行程是哪里呢？我要和你一起体验一把。不等将来了，就现在。"莫莉坚定地说。

K先生皱了皱眉："你确定你的身体可以？你吃得了苦？我接下来是从拉萨到玛旁雍措徒搭。徒搭意味着绝不选择其他的方式前行，搭不上车就徒步。而且徒步玛旁雍措的驴友需要有基本的野外生存经验，长距离高海拔环境重装徒步，需要较强的体力和耐力。"

莫莉握起拳头，把自己的小胸脯拍得咚咚的："你看，我身板硬着呢。我一点儿都没有高原反应，肯定没问题的。"她也不知道自己哪来的决心，就是想要跟K先生一起，去经历一场。就算是劫难，她也认了。

拗不过她，K先生只好答应。第二天，他带她去买装备和食物。一切准备停当，第三天一早，他们就开始向玛旁雍措进发。K先生的路线是：拉萨—日喀则—珠峰大本营—拉孜—玛旁雍措。

好像是有上天眷顾，每次，他们还没走多远就搭上了一辆车，行程特别顺利。

在拉孜的时候，他们直接搭到一辆广东老乡租的巴士。正好顺道，不仅捎他们到目的地，回来的时候，直接把他们带回了拉萨。

莫莉一直说"吉人自有天相"，K先生则说，有个天生丽质的女孩子，搭车效率直接翻了好几倍。

最困扰莫莉的，其实是洗澡问题。住在帐篷里的日子，肯定是没办法洗澡了。就算是住在当地的小旅馆里，也很少能提供淋浴。

在家里，她可是一晚上不洗澡就睡不着觉的姑娘，可是现在，她经常要熬好几天，才能洗上一次。她最想念的，是家里带按摩的大浴缸。

　　不过新奇感莫莉让战胜了一切困难。晚上睡在睡袋里，看天空中星星那么低，那么亮，没有汽车喇叭，没有喧嚣，只有天籁之音，这是多么美好。

　　偶尔，她还会听到K先生的呼噜声。她感慨地想，自己为什么敢跟一个大男孩，独自走这么远？而且，她对他，完全不设防。一个来自广东一个来自北京，多少缘分，才能让他们一起，走过这一段人迹罕至的旅途。

　　终于到了玛旁雍措，玛旁雍措湖全程近90千米，头两天走了大概40千米，莫莉有些吃不消了。背着笨重的登山包，脚下沙滩、砾石、沼泽交替。她的脚磨出了血泡，疼得一瘸一拐，但她咬着牙倔强地坚持着。

　　晚上，他们住在简陋的寺庙里。K先生把莫莉背包里的罐头、保温杯等比较重的东西放进自己的包里，再把雨衣、羽绒服等装到她的包里。然后又从随身携带的药包里，取出消毒水，帮莫莉清洗脚上磨出血泡的地方，先细心地撒上药粉，再贴上一种透明的创可贴一样的东西。

　　"这样明天就不会疼了。而且，这个保护贴可以透气，不会影响再生。"K跟莫莉解释。

　　莫莉只觉得眼角湿湿的。从小到大，除了父母，还没有一个人这样细致入微地照顾过她呢。她不由自主地抬手撩起K先生奋拉在眼前的一绺头发，兀自大胆地直视着他，眼睛里满是的深情。

K先生避过她火辣辣的眼神。

"睡吧。"他拉开睡袋的拉链，莫莉听话的钻了进去。他帮她拉上拉链，又顺手给她掖了掖睡袋的边角。

他在心里说：姑娘，你很漂亮，也很优秀。可是，我心里早就有心仪的人了。其实，连他自己都不知道，自己还在执着什么。那个答应陪他来西藏的女孩，已经有了新的男友，但他仍然放不下。

就像歌里唱的"得不到的永远在骚动，被偏爱的都有恃无恐"，莫莉从西藏回到北京，又从北京来了欧洲留学。两年了，她总是忘不掉在拉萨偶遇的那个K先生。

因为他，她爱上了旅行。徒搭对女生来说不够安全，她选择了房车自驾。刚好同学里有个也喜欢自驾游的荷兰女孩，两人一拍即合，已经一起走了几万千米。

听莫莉说，K先生今年大学毕业，前几天刚结束了他50天的西藏-青海-内蒙古线。

"你们还有联系，等你毕业回国，还有机会的。"我说。

莫莉苦笑着摇头："有一种男人，不管你多好，他都不会对你动心，因为他是傻瓜，他的心一旦交出去，就很难收回来。"